KB146516

2021 제66회 現代文學賞 수상시집

안규철, 「두 개의 빈 의자」, 드로잉

| 현대문학상 기념조각 |

안규철

책은 양면적인 요소들이 중첩되어 있는 물건이다.
책에는 왼쪽과 오른쪽 페이지가 있고, 보이는 앞면과 보이지 않는 뒷면이 있다.
안과 밖이 있고, 시작과 끝이 있다. 흰 종이와 검은 잉크가 있고,
드러난 것과 숨겨진 것이 있으며, 저자와 독자가 있다.
서로 상반되면서 동시에 상호 의존적인 이런 요소들은 책이 닫혀 있을 때는 드러나지 않는다.
책은 상자와 같아서, 책장이 펼쳐지기 전에 그것은 무뚝뚝한 한 덩이 종이 뭉치에 불과하다.
책을 열면 이렇게 하나였던 것이 둘이 된다. 왼쪽과 오른쪽이, 안과 밖이, 저자와 독자가 거기서 생겨난다.
그리고 그 둘 사이에서, 낯선 한 세계의 지평선이 떠오른다.
마술사의 손바닥에서 피어나는 꽃처럼, 작은 책갈피 속에서 세계 하나가 온전한 윤곽을 드러낸다.
문학작품 앞에서 늘 그것이 경이롭다.

제66회 現代文學賞 수상시집

황인찬

이미지 사진 외

현대문학

| 차례 |

수상작

수상시인 자선작

수상후보작

심사평

예심

본심

수상소감

수상작

이미지 사진 외

황 인 찬

황인찬

이미지 사진 외

1988년 경기도 안양 출생.
2010년 『현대문학』 등단.
시집 『구관조 씻기기』 『희지의 세계』 『사랑을 위한 되풀이』.
〈김수영문학상〉 등 수상.

이미지 사진

아름다움 하나
나무 의자 둘

잠시 찾아와서 내려앉는 빛

이 장면은 폐기되었고

이해하자 좋은 마음으로 그런 거잖아 하나
서양 난 화분이 쓰러진 모양이 둘

너는 그런 걸 어떻게 다 기억하니(다 날아가고 눈 코 입만 남은 사진 그것이 아름답다고 생각했던 날들의 기억)

사진관에 모이는 것으로 마음을 남기던 시절의 기억 속으로 내려오는 저녁이 하나 휘어지는 빛이 둘

(이 순간을 어떤 영화에서 본 것만 같다고 잠시 느꼈을 때, 그것이 어떤 시절에만 가능한 착각이라는 점을 뒤늦게 알아차리고 나서의 부끄러움)

죽은 아름다움 하나
부서진 나무 의자 다섯

자꾸 뭘 기억하려고 그래(여전히 떠나지 않고 남아 있는 빛) 예전에는 이렇게 많이들 날려서 찍었지?

(작은 강의실이 젊은 옛날 사람들로 가득하다 이미지가 무슨 말을 하고 싶어 하는지 귀를 기울이세요 말하는 사람과 이미지인데 왜 귀를 기울여요 말하는 사람)

웃으세요
친구끼리 왜 그렇게 멀찍이 서 있어요

그 말을 듣고 그냥 웃는 사람의 얼굴이 하나
웃음기가 사라진 얼굴의 사라짐

그 장면은 경험하지 않은 것으로 하고

빛이 들어가면 다 상하니까

어둡고 서늘한 곳에 보관하세요

불 꺼진 실내에 웅크리고 앉은 빛

받아쓰기

바다 쓰기가 뭐냐고 묻는 사람이 있었다

"이거 삼십 년 전 필름인데 인화할 수 있나요?"
"뽑아봐야 알 것 같은데요"

사진관에 앉아 기다리는데 그런 말이 들려왔다
나는 바다를 쓰는 일이 무엇인지 생각해보지만

"이 사람 멋있네요"
"죽었어요"

겨울 바다는 너무 적막해서 아무것도 받아 적을 말이 없었다 바닷바람은 자꾸 뭐라고 떠드는데 이해할 수 없었고

받아쓰기요
받아쓰기

매년 바다가 넓어진다고 했다

"이 사람은 친구 동생인데 죽었어요"

나는 흰 벽을 뒤로 두고 사진을 찍고 있었다

턱을 당기세요 이쪽을 보세요 미소, 아주 조금만요
지시를 따르며 가만히 앉아 있었다

"나는 죽은 사람이 웃고 있으면 너무 이상해"

터지는 소리가 나고
빛이 보이고

화면 위로 보이는 얼굴은 모르는 사람

바다를 어떻게 써요
왜 쓰는데요

바닷가에서 그런 말을 들은 것 같았다
겨울 바다 위를 물새들이 돌고 있었고

"조금 돌아갔어요 이 사진은 안 되겠는데요"
그런 말을 들었다

흐리고 흰 빛 아래 우리는 잠시

조명 없는 밤길은 발이 안 보여서 무섭지 않아?
우리가 진짜 발 없이 걷고 있는 거면 어떡해

그게 무슨 농담이라도 된다는 것처럼
너는 어둠 속에서 말했지

집에 돌아가는 길은 멀다
가로등은 드문드문 흐리고 흰 빛

이거 봐, 발이 있긴 하네

흐린 빛 아래서 발을 내밀며 너는 말했고
나는 그냥 웃었어

집은 아주 멀고, 우리는 그 밤을 끝없이 걸었지
분명히 존재하는 두 발로 말이야

발밑에 펼쳐진
바닥없는 어둠은 애써 모르는 척하면서

밝은 방

사실 나는 유령이 보인다 지금 네 옆에는 할머니의 유령이 서 있고 그 뒤로는 개의 유령이 떠다닌다

그렇게 말하면 너는 믿을까

사진사는 말한다 눈을 크게 뜨라고 하지만 나는 대답한다 이게 다 뜬 거예요

눈을 다 뜨면 너무 많은 것들이 보이니까

조금 전 묻고 온 아끼던 새가 거실을 날아다니고, 유령이 등에 업힌 줄도 모르는 친구와 만나고, 그곳에는 놀이터가 없다는 말을 듣기도 한다

저기 멀리서 인사하는 것이
사람인지 아닌지 알아보기란 항상 어렵고

때로 네가 내게 말을 거는 때도 있다 자기가 유령인 줄도 모르고
아직도 나를 사랑한다고 믿고 있다

너를 데리러 온 천사들은 공중을 선회한다 잠시 눈을 감으면 모든 것이 사라지겠지

하지만 눈을 감아도 사라지는 것은 없다

사진사는 말한다 눈을 크게 뜨라고 하지만 나는 대답했지 더는 뜰 수 없어요

죽은 새가
네 입속에서 날아오를 준비를 하고 있다

잃어버린 시간을 찾아서

(이 시는 겨울과 비, 아무도 없는 거실 등을 중심 이미지로 삼고, 여러 사람과 마음을 나누며 살아가는 일에 대해 이야기한다. 모든 슬프고 외로운 자들이 함께 모여 축하할 일 없는 서로를 축하하는 장면으로 이 시는 끝난다. 약간의 쓸쓸함과 후련함이 시가 떠난 자리에 남는다.)

……비가 많이 내려 발이 다 젖었습니다

겨울비가 이렇게 많이 내리는 것은 처음 있는 일 티브이에서는 모두가 그런 말을 하고 있군요

코트와 패딩으로 몸을 감싼 사람들이 바쁘게 뛰어다녔습니다 우산도 없이 비를 맞는 사람투성이였습니다 그 사이를 헤집어가며 마침내

포장을 뜯고 나온 빛

기뻐합니다

식전에는 슬픔을 모르는 사람들을 위해 기도했습니다 기쁨을 모르는 사람들을 위해 묵상했습니다 밖에서는 눈보다도 먼저 비가 세차게 쏟아집니다

돌아온 거실은 따뜻하고 아름답네요
돌아온 사람은 아무도 없습니다

티브이는 혼자 떠들고 있습니다 사상 최대의 비와 휩쓸리고 얼어버린 사람들, 도움의 손길과 기도의 목소리들……

실내의 훈기로 발이 다 말랐습니다
발이 마르면 슬픔이 찾아오는군요

오늘도 하나 배웠습니다

그런 기쁨을 뚫고
누가 창을 두드리네요

빗소리입니다

누가 문을 세게 두드립니다
빗소리입니다

눈보다도 먼저 겨울에 비가 내린 것은 김춘수의 시에서의 일, 다들 서로를 축하하며 떠났고 아주 긴 시간이 흘렀습니다 저는 여기 영원히 남아 있습니다

퇴적해안

기억할 수 있는 가장 오래된 것은
어릴 적 보았던 새하얀 눈밭

살면서 가장 슬펐던 때는 아끼던 개가 떠나기 전
서로의 눈이 잠시 마주치던 순간

지루한 장마철, 장화를 처음 신고 웅덩이에 마음껏 발을 내딛던 날, 그때의 안심되는 흥분감이나

가족들과 함께 아무것도 아닌 농담에 서로 한참을 웃던 날을 무심코 떠올릴 때 혼자 짓는 미소 같은 것들

사소하고 작은 것들이 쌓이고 쌓여서
그런 것들에 떠밀려 여기까지 왔다는 생각을 하게 되는

평범한 주말의 오후
거실 한구석에는 아끼던 개가 엎드려 자기 밥을 기다리고 있었다

엄마, 얘가 왜 여기 있어 그럼 지금까지 다 꿈이야?

그렇게 물었을 때,
집에는 아무도 없었고 개만 엎드려 있었다

바깥에는 눈이 내린다

나는 개에게 밥을 주고 오래도록 개를 쓰다듬었다

백 살이 되면

백 살이 되면 좋겠다

아침에 눈을 뜨지 않아도 된다면
좋겠다

엄마가 불러도
깨지 않고

아빠가 흔들어도 깨지 않고
모두 그렇게 떠나고 나면

창밖에 내리는
빗소리에 가만히 귀 기울이면 좋겠다

물방울이 풀잎을 구르는 소리
젖은 참새가 몸을 터는 소리

이불 속에서 듣다가
나무가 된다면 좋겠다

돌아가신 할머니가 그 나무 밑에서 조용히 쉬고 계시면 좋겠다

빛을 받고
뿌리를 뻗으며

오래 평화롭게 잠들 수 있다면 좋겠다

그 잠에서 깨어나면
여전히 한낮이었으면 좋겠다

온 가족이 모여 내 침대를 둘러싸고 있으면 좋겠다
부드러운 오후의 빛 속에서

잘 쉬었어?
오늘은 기분이 어때?

내게 물어보면 좋겠다
그럼 나는 웃으면서

백 년 동안 쉬어서 아주 기분이 좋다고

그렇게 말할 수 있다면 좋겠다
정말 좋겠다

수상시인 자선작

고요의 풍속은 영

아는 사람은 다 아는

증오

살아 있는 자의 마음속에 있는 죽음의 육체적 불가능성

명경지수

할머니가 나오는 꿈

호프는 독일어지만 호프집은 한국어다

그릇 없어요

고요의 풍속은 영

강을 봅니다
함께입니다

강을 보는 동안에는 강물이 흘러간다고 생각했습니다
그러나 사진 속에서는 그럴 수 없지요

사진 구석을 잘 보면 가마우지가 하나
부리에 걸려 있는 사람의 손이 하나

그런 현실은 없지요

함께 강을 봅니다
강은 한국의 강이고, 남해로 흘러갈 것입니다(사진이라 멈춰 있습니다)

"배고프지 않아?"
"응, 안 고파"

한국어의 부정 의문문은 항상 쓰면서도 헷갈리지요

국립박물관은 어둡고 넓습니다 어둠은 물처럼 고이고 또 흘러 흘러

식당 테이블 아래
두 사람의 발 근처에 모입니다

배가 안 고파도 밥을 먹는 것이 현대의 어둠이라는 말은 아닙니다만…… 한 사람은 역사적 유물을 본따 만든 아치교의 난간에 걸터앉아 있고

다른 한 사람은 그것을 핸드폰으로 찍고 있습니다

그런 사진을 감상한 기억을 떠올리면서
두 사람은 밥을 먹습니다

밥은 어둠 속으로 넘어가고, 어둠과 물이 함께 흐릅니다
역사도 흐릅니다 아름다운 이 땅에 금수강산에

강물은 흘러 흘러 남해로 가고

모든 것은 그렇게 사진 속에 고정되어 있고

그래도 강물은 흘러간다고 생각했습니다

아는 사람은 다 아는

양산보는 스승인 조광조가 유배되었을 때, 세상의 뜻을 버리고 고향으로 돌아가 소쇄원을 짓고 거기 은거하였다

소쇄원은 한국의 민간 정원 가운데 최고로 꼽히고 있다
(이상 소쇄원에서 핸드폰으로 소쇄원을 검색해본 결과)

아름다움 어렵네
정말 그렇네

오래된 건물이 서 있고 그 주변으로
작은 물이 흐르고

대나무 숲은 사시사철 푸르고 그런 것이
아름다움이라니

모르긴 몰라도
아는 사람은 다 알아보겠지

소쇄원에 우리가 함께 갔다면 우리는 서로의 사진을 몇 장 찍고

함께 찍기도 했을 것이다

꽃과 나무 같은 것도 몇 장 찍었다면, 그때 우리는 남는 것은 사진뿐이야 그런 말을 주워섬기며 사진을 찍었을 것이고, 다른 사람들도 그러고 있었을 것이다

그때는 지나고 보면 그 모든 것이 아름답게 느껴지리라 생각을 했을 것이다

그게 이 시대의 아름다움이겠지
그런 생각도 했을 것이다

사진 속에 남아 고정되고 기억 속에서 영원히 반복되는 이미지들 사랑한다고 생각하며 사랑하고 너무 좋다고 생각하며 너무 좋아하면서

언젠가 누군가와 남도의 풍경에 대해 이야기할 때 거기 정말 좋았어요 아주 인상적이었어요

말하게 되는 그 순간에
아름다움이 만들어지는 것이겠지

나는 너와 소쇄원의 오래된 건물 사이를 걸었을 것이다 나무에 매달린 꽃들에 렌즈를 가까이 들이밀며 소쇄원이 보이지 않는 사진을 찍었을 것이고

너무 작아서 오래 걸을 것도
오래 볼 것도 없는 곳에서

우리에게 남는 것은 무엇일까 몇 장의 사진들 말고
기록된 사실 말고

그런 생각을 하면서

남는 것은 사진뿐이라는 말이
정말 맞는 말이라고 생각했을 것이다

증오

표기에 오류가 있었어요
여기 표기가 표고라고 되어 있어요

사무실에서 선생님이 내게 말한다

이런, 정말 그렇군요
나는 표고를 표기로 고친다

대체 뭐가 문제인 걸까요?
선생님이 묻지만 나는 그냥 머리만 긁는다

역시 영혼일까요?

정오가 지나면 점심시간도 끝이 난다 그렇다면 이제는 다시 일해야 한다

나는 회사를 나와 오류동 집으로 돌아간다

살아 있는 자의 마음속에 있는 죽음의 육체적 불가능성*

눈이 펑펑 내리네요
장독대에는 눈이 쌓여 있고요

산수유가 붉어요
어디선가 본 듯한 그런 장면입니다

저는 이미지 속에서 메주를 쑵니다

강아지 발자국은 어지럽게 흩어져 있고
사람은 보이지 않는 세계

그런 풍경을 아름답다고 믿는 사람이 심상의 바깥에 놓여 있습니다

마당은 백색
나무도 백색

담벼락 안쪽은 모든 것이 하얗군요 개는 안 보여도 개 짖는 소리는 들리는 그런 세계에서

눈은 내리고 콩은 뜨고 이미지가 붉게 익어갑니다
메주에는 소복이 눈이 쌓이고

겨울이 가면 봄이 올 겁니다
그가 돌아오면 직접 담근 장으로 저녁을 차려줄 겁니다

맛있게 먹겠지요
장독대 속에 무엇이 들었는지도 모르는 채로

그리고 눈은 영원히 내립니다
미래는 여전히 땅속에 묻혀 있습니다

이 모든 것이 하나의 이미지로 고착되어 이어지겠지요

* 데이미언 허스트, 1991.

명경지수

(명상에 좋은 음악이 들려온다)

긴장을 풀고 어깨를 떨구세요 팔은 늘어뜨리고 열 개의 발가락부터 차분히 느껴보세요 여기 있구나 이게 내 발가락이구나 그렇게 온몸을 천천히 감각하세요 몸과 마음이 지쳐 있을 때 많은 도움이 됩니다

(실외의 빛이 안락의자를 향해 떨어진다 물소리, 바람 소리, 풍경 소리 같은 것이 음악과 섞인다)

나는 안락의자에 누워 눈을 감고 있다 어쩌면 선생님도 눈을 감고 있을지 모른다 이곳은 시내에서 멀리 떨어진 병원이고 먼 미래의 내 집이다 선생님은 마음이 무엇인지 궁금하고 내 미래의 남편이 되리라 생각하고 있다

(어둠 속에서 빛의 유령이 일렁이는 이미지
실외에는 빈 유모차와 말을 잘 할 줄 모르는 하느님)

다른 선생님은 이렇게 말했다 자기 분석을 그만두시는 편이 좋

아요 또 다른 선생님은 이렇게 말했다 언젠가는 끝날 것이라 믿어야 해요

(바깥은 이상할 정도로 조용하다 언제부터 사람이 없던 것인지 생각하지 말아야 한다)

안락의자에 누워 있는데 발가락이 느껴지지 않는다 나는 안락의자를 생각하면 오규원의 시가 생각난다 읽다 보면 너무 딱하고 슬퍼지는 시 어쩌면 이런 게 내 어려움의 원인일 것이다

(눈을 감고 있으면 미래를 상상할 수 있다 화장터에서 나의 남편이 나의 유골함을 손에 드는 장면이 그려진다)

숨을 깊게 들이쉽니다 천천히 뱉으세요 다시 천천히 들이쉽니다 선생님의 목소리는 계속되고

(음악 소리가 점점 커진다 음악은 교실에 오기 전부터 들려오고 있었다)

눈을 뜨세요 아예 주무셔버리면 어떻게 해요

눈을 떴을 때는 주위에 아무도 없었으나 나의 정신은 맑은 물과 같았다

할머니가 나오는 꿈

어두운 미술관에서 도자기로 만든 나무를 보고 있었는데 까맣게 잊고 지내던 사람이 찾아와 미안하다고 말했다 그러자 나는 크게 화를 내며 꿈에서 깨어났는데, 꿈속의 내가 그 일을 평생 잊지 못한 사람처럼 느껴졌으므로, 죽을 때까지 그 일을 기억하게 되었다

호프는 독일어지만 호프집은 한국어다

꿈을 꾸니 이승훈 선생이 앉아 있었다 선생님 장례식에 가질 못해 죄송해요 군에 있느라 그랬어요 선생은 멸치가 어디 있느냐고 묻는다 마른안주에는 멸치가 있어야 하는데 그게 없군 선생의 장례식장은 선생이 주인이다 하지만 선생님 여기 과일도 드셔보셔요

그날도 선생은 멸치를 찾았다 어느 저녁 진흥아파트(선생님 사시던 곳) 단지 내의 호프집에서 선생은 맥주를 마셨다 시는 더 멀리 나가야 해 노인들은 나가는 게 무서운가 봐 선생은 개가 나오는 내 시 이야기를 했다 젊은 친구가 내가 쓸 것 같은 시를 썼어 그곳에도 멸치는 없었다

인사동 어느 술집에도 멸치가 없었다 일행이던 신동옥 시인이 멸치를 사러 밖으로 나갔는데 한참을 돌아오지 않았다 이것은 이승훈 선생의 시 「모든 게 잘 되어간다」에 적힌 일 나는 처음에는 그 시를 읽고도 거기서 말하는 동옥이 신동옥 시인을 가리키는 줄을 몰랐다 하지만 이 모든 것은 내 착각이고 둘이 다른 인물이라는 경우도 있겠지

그러나 여전히 꿈속이다 멸치도 없고 선생도 없고 선생의 장례

식장에서 선생의 장례식장에 가지 못해 죄송하다 선생에게 거듭 사과하고 선생은 여전히 멸치를 찾고 있다 이런 일은 꿈속에서나 가능하다 아니면 시에서나 이 모든 일은 다 시에 적힌 일이다

멸치도 없이 맥주를 다 마시고 선생은 흥이 나셨는지 강남역까지 배웅을 나왔다 괜찮아요 선생님 아무리 말해도 아냐 괜찮아 선생은 그 후로 며칠을 앓아누웠다고 한다 그게 선생을 처음이자 마지막으로 뵌 것이었고 이후로 다시는 뵙지 못했다

그릇 없어요

사람들이 그릇을 나른다
그릇은 흙 속에서 끝이 없다

그릇이 나오면 일을 모두 멈춰야만 하고 로마나 경주에서는 이런 일이 잦다고 했다

공사는 중단되었어요 이제 집으로 돌아가세요
그런 말을 들었는데

어쩌지 집에는 돌처럼 굳은 빵과 맹물에 가까운 수프뿐인데 그걸 담을 그릇이 없는데

그릇이 없어요
그릇이란 그릇은 다 가져갔어요

그는 거실에 주저앉아 말했다 집은 춥고 어둡고 먼지가 많다 사람이 오래 살지 않은 곳 같다

다시 집 밖으로 나오니 눈이 펑펑 내리고 있었다

그릇과 함께 겨울이 성큼 다가온 것이다

그릇이 자꾸 늘어나서 이제 온 세상이 그릇 천지다

사람들은 그릇을 나르느라
정신이 없고

어떤 사람들은 그릇을 던지며 놀고 있었는데

눈이 아주 폭신해서 그릇이 깨지지 않았다

수상후보작

불과 행운 외

김상혁

죽지 않으면 살 수 없는 마음 외

김소형

우리가 굴뚝새를 외

김유림

애프터이미지 외

송승언

xan 외

양안다

누구나의 어제 그리고 오늘 혹은 내일 외

이소호

정지한 시간을 고정시키기 위한 각주 3 외

정재학

김상혁

불과 행운 외

1979년 서울 출생.
2009년 『세계의 문학』 등단.
시집 『이 집에서 슬픔은 안 된다』 『다만 이야기가 남았네』
『슬픔 비슷한 것은 눈물이 되지 않는 시간』.

불과 행운

공원에 다 같이 모이니 좋구나, 힘 난다. 누가 놓았는지 모를 모닥불이 타는데. 흙더미에 파묻힌 손목 당겼더니 죽음이 벌떡 일어나 집으로 돌아가듯, 살아서 모이니 좋구나, 가족처럼 흥이 난다. 아무것도 아니어서 즐겁고 불안한 시절 숲속에 버려두고. 길고 넓은 포장도로 건너오며 다 잊으니 좋다, 연말 아스팔트 깨는 드릴처럼 신이 난다. 한밤 모여서 불을 쬐니 좋구나, 같이 먹으니 모처럼 기운 난다. 이걸 어디에 쓸까, 불길 앞에서 궁리할 때 바람이 나무 흔들어주니 좋고. 날리는 훈연에 웃음과 기침이 터진다. 돌아갈 운명인데 돌아갈 생각 안 나니 좋다. 호수에 동전을 던졌더니 금화는 꿈속에 쌓이듯이, 공원에 실없이 모이니 좋구나, 힘 난다. 우리 것 아닌 모닥불 꺼져간다. 우리 것 아닌 공원은 좋구나. 기억이 다 같이 착해진다, 좋다.

겨울 같은 사람이 빛나는 밤

겨울 같은 사람이
빛나는 밤이 있나

나 건드리기만 해봐
내 새끼 잘못되기만 해봐

칼 같은 마음 칼날부터 쥐고 걷는
겨울 같은 사람이 빛나는 밤길도 있나

더 무서운 밤이 있나
죽은 사람이 손 넣어도 소스라치게 놀라는,

겨우 살아 있는 겨울 같은 사람 심정
외면하는 영혼 앞에 그걸
별처럼 들이미는 어둠이 있나

이 세계에 과연 있나
대답 없는 영혼의 꼬리만 쳐다보다, 뱀처럼 길고
가난한 생각은 슥 눈밭을 떠나가고

십 년 전 이십 년 전 덮여버린 자국이
희미한 골목처럼 희망을 꾀어내는 순간 있나

공포가 깊고 슬픔이 얕아서 도망치는,
겨울 같은 사람 빛나는 우주가 있나

검은 생활을 올려다보는 겨울 같은 사람이
빛나는 더 짙은 밤이 남아 있나

비밀의 숲*

어린 아들이
하루는 너무 울어서 아이에게 어디든 좀 나가 있으라 했는데
숲으로 가버렸고 그걸로 끝이었다는 이야기

숲에 다녀오면 어김없이 숲 이야기 꺼내던 어린 아들이
그길로 아주 사라졌다는 이야기

십 년 후 아버지 뱀을 좇아 통나무 더미 틈을 뒤지다 아들을 찾았는데
글쎄 그 아들이……

그래서요, 어떻게 되었는데요?
묻는 나의 아들을 바라보며 말했다
눈 비비는 아이를 바라보며 말했다
울지 마, 궁금해하지 마, 세상에 그런 숲은 없으니

지금부터 편히 자거라, 아무도 못 나가게
깊고 깊은 강을 가로질러 숲으로 이어지는 다리마저 다 태워버렸단다

* 캐서린 패터슨, 『비밀의 숲 테라비시아Bridge to Terabithia』.

지구

사랑이 충만했으나
그의 잠은 깊었으며, 막 깨어나 주변을 둘러보았으며,
그는 별빛 아래서 여전히 어리둥절함을 느낀다.

수많은 사람이 편의점 앞에 버린 오물들 쌓여 나무에 열이 올랐으며,
뿌리가 다 상하도록 아무도 알지 못하였으며, 늦은 오후에 그는
빛살에 뒤엉킨 구름이 이 세계를 구원할 커다란 발을 내밀어줄 것만 같다.

밤새 신열 나던 아들이 자리 털고 일어나 어른이 되기까지
그는 창에서 눈을 떼지 못하였으며. 옆방에 누운 아내를 끝내 깨우지 못하였으며,
그는 듣고 싶은 말이 없으므로
마음을 다해 들어야만 하는 이야기도 없다

생각하며, 종일 폭우였으나 죽은 나무에서 쏟아지는 검불을 밟고 더 나아갔으며,
목마르고 배고팠으나 수많은 진열장을 그저 지나쳤으며, 막 태

어나 울음이 터진 자기 아이를 어서 가서 안아주리라 마음먹는다.

그만큼 그의 잠은 멀고도 깊다.

우는 얼굴 앞에서도 모든 이에게 시간이란 넘치게 충분한 것이라고 느꼈으며,

끝없는 시간이 모두의 주머니 속에서 지구를 조금씩 조심스럽게 굴린다고 느꼈으며,

방문 바깥 멀어지는 발소리에 귀를 기울였으며, 사랑이 충만했으나 실은 어둡고 조용한 그의 방을 떠나지 못하였으며.

그는 어떻게 되었을까

그는 어떻게 되었을까
우리는 산림조합중앙회 앞에서 호수를 바라본다
산사나무 그늘 밑에서 바라보는 사월의 쨍한 호수에
그가 가라앉아 있다 생각하면 좀 웃음이 난다고
하나가 말하자 다른 하나가 그건 웃을 일이 아니라고
말하고 또 다른 하나가 어색해서 못 앉아 있겠다며
자리를 뜨는 오늘로부터 정확히 일 년 전에 그는
어린애 얼굴만 한 배낭 하나 어깨에 메고 잠실을 떠났다

그는 어떻게 되었을까
자유 아니면 죽음을 달라고 외치는 군중 지나가고
춥고 적막해진 광장 구석에서 타는 모닥불에 둘러 모여
그의 배낭이 물에서 죽었다던 어린 아들 유품이면 그건
기막힌 드라마 아니겠느냐고 하나가 말하자 다른 하나가
그런 눈물 나는 부성도 있냐며 눈물 훔치고 또 다른
하나가 개새끼가, 써도 그런 드라마를 쓰니? 멱살 잡는
어느 겨울로부터 이제 족히 몇십 년은 더 지났으므로

그는 어떻게 되었을까 하는 질문조차 봄여름 가을겨울

거듭 지나며 불고 터지다가 타서 날리다가 전부 사라진 기억
늙은 우리는 달마다 교대 돼지곱창집 모임에 나와 당연히
그가 진즉에 죽었으리라 여기며 이제야 하는 말인데
호수건 바다건, 배낭이 자식 같건, 무슨 상관이냐며
하나가 말하자 다른 하나가 그래! 이르든 늦든 사람
돼지는 건 다 똑같지! 말하고 몇십 년 지났는데 또 다른
하나가 그날도 상을 엎었으며 그것으로 우리의 우정도
정말 끝이었다

마을 광장

길을 걷는다는 것은 하나의 꿈
길을 따라 걷다가 하나의 광장을 마주한다는 것은 또 하나의 꿈
마을 한복판 원형 광장의 분수대에 이르기까지
아무런 의심 없이
아무런 고민 없이
아침에 눈뜨고 대충 먹을 것 삼키고 어제의 험한 이야기 흘려들으며
문을 박차고 나가서 곧장 향한다는 것은
모두의 싸움과 놀이의 양상이 거리 가득 눈부시게 흐르는 햇빛 속에 은폐되었다는 것이다
비 쏟아지는 날 우리가 사랑과 모험의 웅덩이를 첨벙첨벙 신나게 밟으며 같은 곳에 도착하리라는 것이지
광장에 모인다는 것은
광장 분수에 이른 뒤에야 질문을 시작하는 것이다
분수대 옆 길쭉한 조경수 몇십 그루 심어둔 자리 '숲'의 팻말 앞에 모여서
어제의 좋은 사진과 다르지 않은 사진 한 장을 이내 남기리라는 것이고
서늘한 그늘도 간편한 우산도 되지 못하는 숲

그편에 서서 분수대 너머 낮고 평범한 지붕들이 끝없이 펼쳐진 마을 쪽으로 시선을 던지는 것이다
하나의 꿈마저 잊은 채
광장에서 가장 먼 집이 광장으로 걸어오기까지
누군가 나무를 오른다는 것은
올라가는 물을 바라본다는 것은
광장이란 어두워지기 전에 돌아가 편히 잠들어야 한다고 모두를 부추기는 함정이라는 것이지
그러자 함성이 울리는 더 깊은 광장을 향하여 걸어가는 것이다

버스정류장

깊은 잠에 빠진 사람더러 죽은 것 같다고 말하면 안 됩니다.

말이 씨가 되면 어쩌지? 하는 생각에 숨을 멈추고 귀 기울이는 것입니다.

내가 무엇이든 먹고 마셔서 죄송하다고 느끼는 것입니다.

이 세상이 멸망하여 둘만 남는다면? 그러다 나만 남는다면? 그려보는 것이고

우는 나 쳐다볼 사람 다 죽었는데, 내가 얼마나 울게 될지를 가늠하는 것입니다.

버스정류장까지 나갔다가 허겁지겁 돌아왔고 죽은 듯한 그를 들여다보고 있습니다.

하지만 불변하는 얼굴을 지키는 시간이란 얼마나 길고 지겨운지? 내 사랑과 인내는 거기까지라고 생각하는 것입니다.

베갯머리 그가 펼쳐둔 책장에서 어제까지의 그의 기쁨을 짐작하는 것입니다.

천장을 바라보는 그의 연약한 꿈과 이야기를 조금 비틀어두면 어떨지?

눈꺼풀 밑을 떠도는 먼지 같은 세계가 잠자는 이마 위로 조용히 쌓이는 것입니다.

죽은 것같이 잠에 빠진 사람더러 잠시 후에 그를 깨울 침묵이 가

짜라고 말하면 안 됩니다.

세상 멀쩡한 가운데 그가 혼자 남더라도

다시 버스정류장까지 나를 잘 밀어내고 이번에는 문을 잠그라
고 충고하는 것입니다.

김소형

죽지 않으면 살 수 없는 마음 외

1984년 서울 출생.
2010년 『작가세계』 등단.
시집 『ㅅㅜㅍ』 『좋은 곳에 갈 거예요』.

죽지 않으면 살 수 없는 마음*

이야기는 동의 없이 시작됐다가 동의 없이 끝난다

너는 물속에 발을 담그고

아무 장이나 읽는다

페이지는 반쯤 젖어 있고
발은 아무 감정 없이 무심하게 놓여 있을 것이다

어제는 처음 진박새를 봤어
윗가슴은 검었고 흰색 뺨이 작고 보드라웠지

계단에 놓인 새를 보고 누군가
엄마 저기 새가 있어
외쳤고
너는 하늘을 쳐다본다

유리 건물에 구름이 비치고
건물에 부딪힌 새는 감정을 몰라 무심하게 놓여 있을 것이다

이제 너는 어쩌면 좋을지
무리생활을 하던 새는 왜 여기에 있고
계단을 올라가려던 발은 왜 여기에 있을까

사람들의 시선이 모인다

어제는 처음으로 진박새를 만져볼 수 있었어

화단에 놓인 새의 발이 하늘에 향한 채 놓여 있다
발 사이로 구름이 지나가고

이야기는 끝났지만

너는 젖은 페이지의 귀퉁이를 접고
미래의 화단을 찾는다

아무것도 상상할 수가 없어서

* 고故 문중원 기수 부인 오은주 씨 인터뷰 중 "죽지 않으면 살 수 없는 마음이었던 건데 그 마음을 제가 감히 상상을 못 하겠는 거예요".(『경향신문』, 2020. 3. 21.)

being alive

삼척이라는 단어가 좋아

파도 소리를 들으며 맨발로 너와 걷는 건 더 좋아

노인이 되면 새로운 건 다 이상하게 느껴진다는데

물의 온도가 높아져도 느끼지 못하는
해수어가 된 기분으로
바다를 생각하는 건 더 좋아

모래 알갱이는 머리카락 사이에 엉켜 있고

그걸 전혀 모르는 사람들을 쳐다보며 일을 하는 것도
그걸 알고는 툭툭 털어주는

물마루 같은 너의 얼굴을 보는 건 더 좋아

풀벌레 소리를 녹음하다가
버튼을 누르는 걸 잊었다고 말하는 너를

죽어도 날 잊지 말라는 내 말을 지키고
산 사람은 살아야지 하는 사람들의 말에

기억하면 더 고통스럽죠
그런데 잊을 순 없죠

단호하게 말하던 네가
사는 게 두렵다고 말할 때

사는 게 두렵지 않다면 어떻게 살아갈 수 있겠어?

한없이 가볍게 말하는
나를 잃어버린 내가 좋아

선교장

창문을 열어두고 왔는데 비가 왔다

빨래를 다 널고 창문도 활짝 열고
그날따라 마음도 열고 싶었는데

너는 카펫이 젖었을 거라 말하고

비질하는 노인들의 조끼가 가는 비에 젖는 걸 본다

젖는 것도 때로는 괜찮은 것 같다

새의 무게만큼 우아하게 흔들리는 가지를 관찰하는 것
물방울에 따라 소나무의 휘어짐을 예상하는 것

누각에 서서 열린 문짝 틈으로
선조의 마음이 되어 연못을 바라보는 것

거실이 물로 넘쳐나 책이 흠뻑 젖어도 불이 나도

우리는 지금 여기에 있고
때로는 멀리서 집을 생각하는 것도 괜찮겠지만

그렇네 정말 큰일났네

능청을 떠는 너의 손을 본다거나
벌목공의 등과 톱과 모종을 슬깃 보면서
아직 피지 않은 연꽃을 떠올린다거나

오색다식을 하나씩 골라 먹으며
이렇게 쉽게 씻듯이

살아 있는 것도

땡초

땡초는 우스운 발음
너는 땡초김밥을 집어 먹으며 먼 미래를 생각한다

땡초의 속도를 짐작하기 어려운 우리는
단단한 과육의 알싸한 고추를 곱게 짓이겨 삼킨다

태양에 잘 말린 고추를 밥에 감아서
다시 혀끝으로 땡땡한 우리의 영혼 속으로

집어 넣는다

웃겨 하지만 눈물 나

우리는 눈물이 나는지 웃긴지도 구분 못 하는 사람들

그날은 종일 속이 아파 엎드려야 했지 너는 일터에서 뒤집힌 속을 달래지 못한 채 일을 하고 차마 땡초 때문에 아파서요 이 말을 할 수가 없어서

사각지대를 찾는다

식은땀이 흐르는 미래가 작은 것에 있었고 뜨거운 고독이 고추에 있는데 영혼이 이런 보잘것없음에 무너진다면 어떻게 하지 싶어서

고추도 더 깊게 사각지대를 찾는다

제가요 땡초김밥을 먹다가 죽을 뻔했는데요

이 말을 차마 하지 못한
노동자의 웃김과 슬픔의 스코빌 지수를

땡초는 조금 알고 있을 것이다

모두가 사라진 곳에 남은 사랑

이것은 모두가 사라진 곳에 남은 사랑 이야기

너는 작년 여름에 떠난 친구 이야기를 꺼냈다

꿈에 나왔던 그, 몰랐으면 좋았을 걸 너는 헤어짐을 빠삭하게 알아서 꿈에서도 있을 수 없는 일이라 바라만 보고 있었지

친구는 뭐가 신이 났는지 내년 봄에는 경주에 가자 가서 릉도 걷고 네가 가고 싶다던 카페에 가자 웃고 있는데

언제나처럼 너는 퉁명스럽게 쳐다보았고

늘 그랬듯이,

얼굴 좀 풀어, 내가 잘못했어

친구의 말에 화를 내다가 결국 헤어졌다는 이야기

잠에서 깬 너의 얼굴을 방금 본 것도 같은데

전하지 못한 사랑은 어디에 있을까

인류가 사라진 뒤 혼자 덩그러니 남은 사랑을 추적하기 시작하자

사랑? 문학에 가장 많이 나오는 단어.

사랑? 한 번도 모르고 지나갈 단어.

사랑? 모두가 사라진 어떤 곳에서 우리의 감정이 꿈틀대며 격렬하게 움직인다면

나는 너를 위해서 가끔 저 멀리 뭔가를 바라보듯이 수색하고 싶은 것이다

사랑, 아무것도 아니야

그렇지만 찾아왔어

물보라에서, 암초 사이에서, 저기 해안선에서, 네가 베어 물었던

체리 사이에서, 얼음에서,

화난 얼굴을 닮은 그의 사랑은, 내가 다 잘못했어, 라고 말하며

이야기를 꺼냈다

가정주부

어떤 소금은 알갱이가 굵고 단단해

소금, 쑥

널 떠올리는 단어

너는 재빠르게 아이를 씻기고 돌처럼 잠든다

사람이 돌이 될 수 있다는 거
소금이 사람이 될 수 있다는 거
돌의 잠을 깨우는 울음을 듣는다는 거

아이가 잠들 때 깊게 죽음을 떠올려
고요를 깨기 위해 운 거야

도성과 산지를 떠다니는 광물이 되었다가 작은 양말을 개는 너를 보며

알 수 없는 것 많아

소금 한 꼬집을 집어 맛을 보는 것이다 계량 없이 휘젓고 다시 고개를 젓다가

맛도 모르겠고

어제는 아파트 난간에 서서 바닥만 내려다보는데
애가
빤히 쳐다보더라

이 마음 누가 알까 싶었지만

직장 동료는
애 엄마들은 다 그래요

고개를 끄덕이고 애 엄마의 마음을 이해하는 여자들의 마음을 곱씹다가 쑥버무리를 크게 베어 문다

맛있어? 잘 몰라

넌 모른다는 말을 많이 하네

인간의 마음을 환히 아는 결정은
다정하고

빛을 투과하지 못한 알갱이들은
까르르 구르고

나 옛날 사람인가 봐

우리는 마스크를 쓰고 교실에 앉아 있다.

너희 신종 플루 들어봤니?

소란스러움 속에서
어, 선생님 옛날이야기 한다.

앉는 몇몇 친구들이 있고

사스요? 메르스요? 신종 코로나 바이러스요?

그래. 옛날 옛적에,
우리의 이야기는 시작된다.

안경에 입김이 서린 채 흘러내리는 마스크를 붙잡고 아이들은 아픈 이야기를 듣는다.

요즘 아파요. 숨도 차요. 벗으면 안 돼요?
저는 마스크를 끼고 우는 건 처음이에요.

온통 처음인 친구들을 앞에 두고
훗날 너희도 말할 수 있겠지.

아주 나이가 들어서

나 때는 마스크를 끼고 수업을 했는데 말이야.

그러면 딱 너희만큼의 애들이 그럴 거야.

거짓말하지 마세요.
어떻게 마스크를 끼고 수업을 해요.

이러고 아이들은 방독면을 쓰고 있을지도 모른단다.

그때 우리는 다 같이 웃었다.

여기처럼 작은 교실에서는 한 사람의 이야기도
근미래가 될 수 있었고.

김유림

우리가 굴뚝새를 외

1991년 서울 출생.
2016년『현대시학』등단.
시집『양방향』『세 개 이상의 모형』.

우리가 굴뚝새를

버려도 되는 것과 버리면 안 되는 것. 그것은 같은 것이다. 유림은 고개를 들어 굴뚝을 보았다. 굴뚝은 원래 있던 그 자리에 있었지만 오늘 처음 발견되었다. 유림에게. 그는 집에서 나와 먼 길을 가야 할 때 가야 하는 길을 걷고 있다. 그 길에는 오래된 집이 하나 있지만 너무 오래되어서 집으로 보이지 않는다. 그러나 그것은 집이다. 유림은 그것을 알고 가끔은 그것을 이루는 벽을 집으로서 바라본다. 예를 들면 이런 것이다:

벽은 별달리 할 수 있는 게 없지만 벽과 만나는 양철지붕은? 고양이의 거처다. 한낮의 여유로운 고양이 한 마리는 거기 있다. 그 고양이는 동네 맛집으로 알려진 스시집 뒤편에서 낮잠을 자기도 한다. 낮잠을. 그리고 낮잠을 자다가 지나가는 사람들을 쳐다보겠지. 그러나 모른다. 고양이의 졸린 눈과 마주친 어느 날의 거리에는 유림만 있거나 유림과 그리고 유림과 동행하는 이가 있을 뿐이다.

또 예를 들면 굴뚝 같은 것이다. 굴뚝은 오래된 아이보리색 벽돌 건물의 외벽에 붙어 있다. 나는 왜 나아가고 있다고 느끼면서도 정체할까, 유림은 그런 고민을 금세 잊는다. 동행하던 사람은 슬리퍼에 돌이 들어가서 잠시 멈춰 섰고 유림의 시점에선 그런 것도 일종의 멀어짐이다. 왜 이럴까, 날이 덥고 갑자기 굴뚝이 보인다. 오래 전부터 분명 있었을 터. 분명 있었을 굴뚝이 보이자 굴뚝 옆에 그리고 높이 붙어 있는 "목욕탕" 세 글자가 보인다. 이 건물은 목욕탕이었지만

지금은 목욕탕이 아니라는 걸 이제 유림이 안다. 유림은 그 건물의 앞으로도 뒤로도 옆으로도 지나갔었다. 뒤로 지나가서 옆으로 비켜서면 공용주차장이 있다. 공용주차장에는 자갈이 있고 모래가 있다. 비가 오면 모래가 젖어서 모래먼지가 덜 날린다. 그는 지나가고 지나갔다가도 잊어버린 물건을 찾아 길을 되돌아오기도 한다.

앞에서 보면 목욕탕이었지만 지금은 목욕탕이 아닌 건물은 아주 익숙하고 아주 익숙한 모습으로 종암동의 한 거리를 이루고 있다. 거기 스시집의 정문이 있어 때때로 불을 밝히거나 밝히지 않는다.

대문을 열고 사람이 나와 고양이를 쫓으려고 막대로 사방을 두드린다. 그런 것. 사람과 고양이가 있는 지점과는 거리가 있었지만 나는 대체로 그들의 일부였다. 나는 부드럽게 걸어가고 있었고 아무것도 의식하지 못했지만 대체로 기분이 괜찮았다. 그 사실을 알

고 있는 동행자는 방울꽃을 보아도 방울꽃을 본 것 같지가 않고 넝쿨장미를 보아도 넝쿨장미를 본 것 같지가 않다. 보아도 이름을 몰랐을 것이다.

우리가 장미주택을 2

누군가와 함께 목격한 삶을 고양이로 착각했다거나 고양이인데 삶이라고 믿을 만큼 날쌔고 또 남달랐다거나 그런 것. 그런 것은 누군가에게 물어보면 또 다른 대답이 된다 우리가 장미주택을 지나다가 장미주택의 한쪽 담장을 배경으로 사진을 찍었을 때 장미주택에 사는 주민이 걸어 나와서
골목으로 사라져버린 것
그것을 나 혼자 목격하고 나 혼자 쓸 수 있게 되었다

한쪽 담장을 배경으로 찍어서 그 사진이 어디엔가 저장되어 있더라도 어디엔가의 한쪽 담장인 것처럼 부족하다

사람이 보고 싶어서
사람이 보고 나서

비켜선 담장을 배경으로 햇살을 담아보았습니다 거기에 있지 않기 때문에 나와 함께 여기에 서서 액정에 잡히는 모르는 동네의 담장은 어떠한지
구경하고 있었을 것이다

그 사람은 사라지고 없었다

왜일까 오리가 울고 사람들이 지나갔다 어제는 고양이가 지나갔고 처음엔 그것을 고양이라 생각했고 역시나 고양이가 맞았다 난 장미주택을 사람이랑 맛있는 밥 먹으러 가는 길에 지나쳤다 그 사람은 장미주택을 너무 마음에 들어 했고 그 주택에서 살자고 했다 나랑 같이? 물어보지 않고 휴대폰을 서서히 들어 올려 그 사람의 머리카락 바로 위
에 보이는 장
미
주
택을 찍었다.

사람이 너무 보고 싶어서
사람이랑 같이 보았던
사람이랑 같이 걸었고

그랬고 그랬을 것이라 추측되는 길목에 서서 어제 본 절간의 고양이나 오늘 본 골목의 오리를 생각한다 돌아갈 수 있을 것이라 생

각했다면
같이 살자고 하지 않았을 것입니다

흐음

서성이면서
꺼내 보일 것

짝다리를 짚고 서 있지 않으면 서 있을 수 없는 사람이나 그런 사람을 닮은 듯한 나무. 나무는 키가 작고 장미주택의 바깥에 서 있지만 장미주택과 연관이 있어 보인다 그럭저럭 튼튼한 장미주택의 담장 너머로는 분명 또 하나의 자목련 나무가 있어
그곳에서
사람이 비켜

비켜야만 지나갈 수 있고 그랬습니다

우리가 장미주택을

더 이상 쓸 수 없는 이야기라서 괴로운 것도 아니었고 슬픈 것도 아니었다 따라가던 길에 장미주택을 보았는데 그것이 이야기로 연결되지 않아서 더 이상 갈 수가 없다 어째서 가로막혔는지 그러나 담장은 길을 따라 서 있고 나는 길을 따라갈 수 있는데 안 가고 있다 안 가는 것만이

가로막히는 것

너무 답답해서 외투를 벗고 땀을 훔쳤다

손에 쥔 것

펼쳐도 움츠러든 것

모양 모양으로 핀 꽃 같은 것 대충

하얀 것 하얗다가 만 것 그래서 자세히 보면

반원 모양의 그릇 모양의 화분에 진녹색 두 줄이 있고

흙이 당연히 빈약한 나무가 당연히 꽂혀 있다

키우는 사람들

키운다고 생각하는 사람들

그러나 화분의 주인은 여기 어디에도 없다

붉은 담장이 있고 너무나 흔한 것

사람들이요 사람들이 있을 법한데 그리고 있는데 보이지 않는다

이미 한강 고수부지까지 가버린 주민들을 따라서 길어지는

환한 오후의 거리

환한 오후의 거리에 장미주택이 있고 장미주택이 아닌 곳에서 동네 주민 1을 본 것 같다

그러나 가로막혀서 장미주택에는 담장이 있고 담장 너머로도 빛이 있고 담장 너머로도

빛이 있고 장미주택이 있다 무언가 이상하지

여기는 동네이고 저기도 동네이다

어디로도 건너가지 못하면서

보아버린 먼 멀어버린 것

난 눈을 감고 말았다 장미주택으로 돌아간 그날엔

동네 주민 2인가 3인가 4인가 아 5인가

손을 흔들어주면서

저기 봐라

온다 끝까지 가서 한강 맛을 보고

돌아오는 사람들 사람들 손에 들린 것은 모르는 체하면서

끝까지 갔다가 돌아오는 사람들은 아무 일도 없다는 듯이 집으로 들어가고 없고 말았다

아마 그랬을 것이다

아주 더운 봄날 헷갈리는 나는

문

이 없어서 괴로운

문잡이의 친구

누가 친구고 누가 문잡이였지

바람에 맞고 싶어서 일단 바람을 가르며 걸어보기로 한다

잡아끌어서 길이라는 것이든 문이라는 것이든 뭐 아무래도 뭐라는 그런 것이든 쑤셔 넣고

유혹을 참고

유혹을 참고 사람들이 갔다던 곳으로 가버린다

아 제발 나는 가고

나만의 것은 아닌 장미주택

참는다

대충 이상한 화분이 보였을 때부터 알아차려야 했는데

그리고 커다란 오후의 장난감 거미

그리고 커다란 오후의 장난감 거미를 옥상에서 본다 오후지만
어두워서 오후의 끝이라고 생각된다 그러나

저녁은 아니다

그 속에 커다란 감정이 들었지만 흔들기엔 대낮이었다 옥상이라
누가 안 볼 확률이 높았지만 누가 볼 경우도

커다란 오후 안
들어 있었던 것 같다 하늘색이랑 비슷한
옥상은 하늘색과 난간으로 정확히 구분되고 있어
다행이다 사람이
잘못 걸어 나가는 경우도 생각해야 하는 게 힘들다 물론
잘못이나 실수는 서로 다르다고 사람들은 말하지만

사람들 말고 사람만 만나보면

둘을 혼동하는 경우가
잦다

내가 그 거미를 장난감이라고 착각한 것은 그 거미가 열대에서나 볼 법한

통통하고 털이 숭숭 난

거미였기 때문이다

그리고 움직이지 않았다 움직이지 않음

커다란 장난감

같다는

오후의 거미 옆을 수차례 지나다니며

가을을 이겨낸 식물에게 비료로 강아지 오줌을 부어주었다

어떤 화분은 비었고

어떤 화분은

삽이 들었다

난 잘 모른다 어떻게 식물을

원통형 흙에 꽂아 키우며

(퍽퍽)

엘피는 돌아가면서

소리를 내는
지

뭔가 착각이 있었나 본데 그건 실수라고 하기엔
푹푹

우리가 굴다리를

장미주택에서 나온 주민은 걸어가다가 횡단보도가 없는 작은 골목을 가로질러 작은 골목으로 간다 가다가 거기서부터 다시 신축 빌라 해오름 A동의 필로티 주차장을 가로질러 신축 빌라 해오름 B동의 필로티 주차장을 가로질러 샛길을 따라 해오름에서 완전히 벗어나버렸다

걷다가 우연히 그 사람을 따라 걷다가

부드럽게 몸을 틀었고 멈추었다 어떤 주민은 보라색 줄이 그어진 트레이닝 바지를 입고 빠르게 걷는 어떤 주민은 나보다 머리가 길었다 나보다 나보다
나보다 빠르고
나보다 나를 덜 보는 사람

그 사람을 따라 사람들이 걸어가고
그 사람을 따라 유림은 걸어간다

너무 편한 이 길

다들 좋아한다 좋아하는 것처럼 보인다 굴다리로부터 멀어져서 굴다리와 만나는 언덕으로부터 멀어져서

그것은 쉽고 쉬워서 일상적인 일

으로 그러나 나를 괴롭힌다:

카페에서 유림은 생각한다. 생각은 생각을 좀 할 줄 알고 생각에 따르면 유림은 그날 사람을 만난다

사람들을 따라 언덕을 오르지 않고 내려가 내려만 가서 사람을 만나 손을 잡는다 그 사람은 나를 오랫동안 기다리고 있었고 곧 역에 닿을 것이었다 그는 광주에서 왔고

이렇게 하면

이렇게 할 수 없지만 지금부터라도 역으로 내려가 개찰구를 지나 부드럽게 몸을 틀고 모두가 하는 그것을

한다 모두가 하는 그것을

차례를 밟아가며 그리고 장미주택이다

사람이다

사람들은 알고 있었다 사람들

이라면 우리도 사람들이라서 몸을 틀어

서울이라서 서울에서 할 수 있는 것을 한다 모두가 하는 것
그러나 춤은 못 추는 것
구경만 하는 것

부드러운 형체가

돌아가지 않고 장미주택에서 점점 멀어진다 저 사람이 저 사람이 아니었을지도 모른다 머릿속에서 춤을 추는 것 흐물거리는 것 완전히 새것인데 새것이라기엔
엉성한 것 그런 장미주택에서 발행한 그림과
그림과는 다르게 구경만 하는 것
그림과는 다르게 가는 것

유림은 지독한 근시로서 갖추어야 할 새로운 자질을 발달시키는 중이며

퍼포머(길고양이)를 에워쌌던 사람들은 흩어졌다
이제 이야기는 풍부해졌다:

손을 잡고 서울 시내에는
사람들 사람 들

건물이 제시해주는 무언가에서 완전히 벗어나버린다

움직이네

돌아와야 해 여기로 그러나 아무리 보아도 이것은 개울이 아니라 강이다 강에는 사람들이 있어 캠핑을 하고 고기를 굽고 기름을 물로 대충 헹굽니다: 길을 따라 올라와 어쨌든 그건 길이었다고 말하는 사람

길은 길이었다가도 낙엽에 덮여 잘 보이지 않았다고 말하는 사람은

붉은 흙이 섞인 그러나 검을 수밖에 없는 흙길을 빛이 드는 오후에는 잘 보이지만 빛이 사위는 오후에는 그럭저럭 보이는 흙의 길을 걷는다 언덕을 따라 외진 곳으로 그러나 길이란 건 물길을 따라 이어지기 때문에 물의 길은 물이란 걸 따라 이어지기 때문에 나무와 나무 사이로 물이 보인다 푸른 물이 보이고 어쩌면 푸른 물이 보인다 물은 물을 따라 흐르고 물을 따라 걷고 낙엽은 부서지고 말하는 사람은

어떻게든 움직이고 사람과 사람도 움직였다
나무와 나무 사이로

많다 많이 그리고 사람을 따라 더 움직이면 차를 타고 돌아갈 수
도 있었습니다 서울로

그러나 보이지 않는다

차에서 빠르게 한라봉을 까먹는 사람이기 때문에 보이지 않아
보이지 않는 사람에게
보이지 않는 돌아가는
길은 돌아가는 길이기 때문에

움직이고 있었다 중랑천은
중랑천에게로 돌아가는

저녁에는 강물이 대충 강물이 되기 위해 점점 좁아지면서 서울시
엔 문까지는 아니어도 문턱이라는 게 있는 것처럼도 만들어버렸다

우리가 장미주택을 3

김유림 시인의 우리는 장미주택을 두 편을 번역하기로 한 미국인 에드워드 김 씨의 조부모님은 부산에서 유년기와 중장년기를 보내고 미국의 켄터키주로 건너갔다 왜 켄터키주였을까 알 수는 없지만 건너간 일이 아주 오래전 일이기 때문에 에드워드는 잘 모른다 에드워드는 나랑 같이 걸으면서 무엇보다도 주택이란 걸

보고 싶어서
보이는 대로

연립주택인 것과 연립주택이 아닌 것을 구분해 보고자 했다 연립이 아닌 주택이란 건 있지만 있는 것과는 무관하게 장미주택과 장미주택이 아닌 주택은 다세대와 다가구로 구분되어 어떤 것은 주인이 하나고 어떤 것은 주인이 여럿이라고 나는

나랑 같이 걸으면서 에드워드랑 같이 본다 장미주택을

장미주택을 닮은 장미주택이 아닌 펠리체주택을 펠리체주택으로 들어서는 주민을 본다 주민을 따라 주민이 아니지만 주민이 다니는 길을 따라 걷는 사람을 본다 우리는 어떤 사람이지 에드워드

는 그에 따라 모든 것이 결정될 수도 있다고 보지만 여기서

장미주택이 서 있을 법한 자리에서
비를 맞고 녹이 슨 철골 하나를 보게 된다 그것은 아무 용도도 없어 버려진 화분에 꽂혀

있다 장미주택을 닮은 주택은 철골이 꽂힌 바랜 화분의 뒤로 물러나는 것처럼 보인다 분갈이를 위해 내놓은 화분과 삽과 그 외 기타 등등 준비물이 주택 A동 앞에 있고 또다시 그것은 우리가 본 화분과는 아무 관련이 없다 그래도 장미주택을 닮은 주택은 우리로부터 물러나고 있는 것처럼 보인다 우리는

성공적인 번역을 위해서 우리는

보여주고 싶어서
보이는 대로

가야지만 내 욕심을 채우지 못하고 그래야 에드워드 김 씨의 욕심을 일부 채우리라 생각했습니다 너무 많은 개나리 너무 많은 안

노란 개나리를 따라 걸으며 사람을 맞이하는 방법이란 게 있다면
사람을 이루는 사람의 일부를 보면서 사람의 눈을 피해

더 적극적으로

하나의 길을 둘이서 걷는 것이었다 너무
좁은 이 길

을 따라 주민은 걸어오고 너무 좁은 이 길
을 이루는 담벼락에 스친 상의에는 무엇인가

묻어버려서 나는 물티슈를 사 오겠다고 이차선 도로를 건너버
렸다 에드워드도

송승언

애프터이미지 외

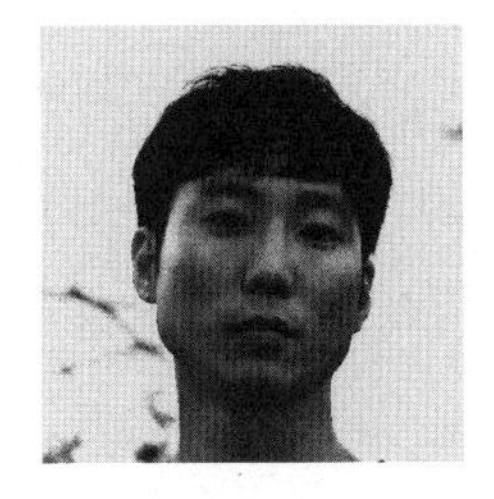

1986년 강원 원주 출생.
2011년 『현대문학』 등단.
시집 『철과 오크』 『사랑과 교육』.
〈박인환문학상〉 수상.

애프터이미지

떠 있다
해수면 위에
내가
혹은 나였을 수도 있는
것이

멀어지고
있다
모든 가장자리로
번어가는 물을 따라
나와
나와
내가
혹은 더는 내가
아니게 된

것들이
있다
넓어지는 가장자리를 따라

이동하고 있다 내가
모르는 곳이나
알았었지만 지금은
변화를 겪은 곳으로

국경을 넘어온 사람은
들고 있던 고향의 물을 버린다
더는 내 표상 아닌 둥근 부표=얼굴이
물을

맞고 있다
물이 온몸으로 부시는 바위산처럼

떠 있다

나일 수도 있는 사람이 떠내려온
손 하나를
구원처럼
건져

올린 뒤

루프

아치형의 문으로 인간 둘이 들어가고
인간 하나가 나온다.
(이제 인간은 무언가를 잃은 것처럼 보인다.)

여기가 하나의 생각이 시작되는 지점입니다.

공중에서 쏟아지는 빛. 보이지 않는 저것이
분해될 수 있는 물질이 아니었다면
다른 물질을 드러내는 방식으로 저를 드러내는 이상한 물질이
아닌
신비하고, 아름답고, 은혜롭기만 한 것이었다면
생각이라는 신호는 시작될 수 있었을까요?

그리고 하나의 이야기는 여기서부터 시작됩니다.
친구와 나는 한낮의 루프탑 카페에 앉아 빛을 쬐고 있습니다.
보이지 않는 빛이, 그러나 우리가 보고 있다 믿는 빛이
보이지 않는 균을 죽이고
보이지 않는 힘을 주고
(잘은 모르지만)

과학적으로 그렇게 되고 있다고 믿으면서

친구와 나는 파괴력에 관한 이야기를 나눕니다.
그것은 무균실이라는 은유를 통하는 다른 이야기에서 비롯된 이야기입니다.
해로운 것들을 모두 죽여버리는 힘이 우리에게 주어진다면
감염의 원인균들을 파괴하고
전염된 치유 불가한 것들을 파괴하고
차근차근 파괴해나가다가
자살에 이르게 되는 걸까요?
(그것은 공산권의 업적을 상기시키네요.)

그 힘의 승인과 추구가
우리네 보건 정책에 부합한다면
결말이 비극이더라도 좋다고 말하는 친구가 있습니다.
가져본 적 없어 상상할 수 없는 힘을 얻기를 바라는 인간이

조금 먼 곳의 다른 루프탑에서 이쪽을 관찰한다면
친구와 나는 인간처럼 보이지 않을지도 모르겠습니다.

소파에 몸을 파묻고 미동도 않는 꼴이
인간이기를 포기한 상태로밖에
구더기 두 마리로밖에 보이지 않을지도요.

소파에 몸을 파묻은 채 잠깐 잠든 나는
꿈에서 잘못을 많이 저지릅니다.
그런 잘못들은 없었던 일이 아니라
과거에 내가 저질렀던 잘못들입니다.
충분히 반성했다 여기던 잘못들입니다.
그러나 반성만으로는 뭐가 되지 않는군요.
저질렀던 잘못을 또 저지르고 저지르게 되는군요.

잘못했다고 울면서 빌기만 하다가
잠에서 깨어났네요.
민망해진 얼굴을 친구는 볼 수 없었네요.
친구가 없어서요.
다 어디로 갔는지 사라지고 없군요.

나는 혼자 계단을 걸어 내려갑니다.

피가 썩는 기분을 느끼면서요.

이 이야기는 이렇게 일단락됩니다.
뒷이야기가 더 있지만, 이 생각 중에 이어지는 이야기는 아닙니다.
나는 아직도 빛에 관해 생각하고 있고
그것은 누가 봐도 좀 딱한 일입니다.

이 생각은 친구와 더는 만나지 않게 된 지도 한참을 지나
내 죽음 직전까지 이어집니다.
망가질 대로 망가진 뇌로 밀려오는
잠깐의 두통
그간 들어온 가장 아름다운 멜로디들의 통합 버전
뇌의 마지막 깜박임에 의해
생의 마지막에 눈에 비치는 것이 흰빛이라면
(또한 수명이 다한 알전구가 그러하듯이
흰빛이 우리가 죽은 뒤에도 잠시 이어진다면)
그것을 아치라고 부를 수도 있을 것입니다.

여기가 하나의 생각이 끝나는 지점입니다.

이제 생각은 페이지를 찢고 나옵니다.

몽상/구더기

구더기가 세상을 집어삼키기 전에 너와
마시던 커피에 관해 생각하던 중

눈앞이 캄캄해지는 것을 경험했지.
그리고…… 사물들이 돌아오지 않는 거야.

계속되는 건 생각뿐이니 계속할 수밖에 없었지만
만약에. 우리의 여로가 끝나기라도 했다면
이제부터의 경험은 경험이라고 부를 수나 있는 것일까?
몽상 속에서 너는 찢어지고 있어.
너의 피부는 척추에 걸린 채 갈래갈래 나부끼고 있어.
그런데 나는 그 깃발을 볼 수가 없어.

슬픈 상황임을 인식하지만
슬픔을 느낄 수 없는 상황이 있다.
그건 공감의 문제가 아니라 공간의 문제라는 거.

모든 게 끝난 뒤에도 이딴 소리나 늘어놓고 있다는 거.
그건 내 마음을 갉아먹는 일이야.

네 살을 찢고 나와 너를 해체하기 시작하는 벌레들처럼

내가 하나의 집단으로서 존재할 수 있다면.

내가 모든 곳에 나타날 수 있는 가능성을 넘어서
내가 모든 곳이라면.

구더기가 세계를 집어삼킨 뒤에
그래, 그런 일이 있고 나서야
나는 네가 했던 말이 무슨 뜻인지를 알게 되었지.
꿈에 취한 채

이제 우리는 우리 아닌 전혀 다른 것들이 되어가고 있고
아직은 스스로에게도 이해받을 수 없겠지.
내장이 다 쏟아지기 전까지

나는 뭘 찾는 사람처럼 손을 내젓는다.
(아직은 힘이 있다.)

(보이지 않는 무엇 위에
무엇이 있다.
뭔지 모르지만 이제 마셔야 한다는 건 안다.)

돌로 만든 테이프

이 집은 오랜만이네요, 불 켤까요?
무슨 일이 있었나요?
별것 아닌데 말로 하긴 어려운 일이랄까요?
말로 하기 어려운 일이라면 별것 아닌 일이 아니지 않아요?
그나저나 좀 으스스하지 않아요?
괜찮은 것 같은데요, 괜찮아요?
벽난로는 어때요? 쓸 수 있을까요?
불을 피울까요? 나무라도 해 올까요?
주변에 나무가 있나요?
온통 숲이었잖아요, 못 봤어요?
온통 캄캄했잖아요, 몰랐어요?
그런 시간이에요?
그럼 어떤 시간인 줄 알았어요?
배고프지 않아요? 밥 먹었어요?
밥 지을까요? 불을 피울까요?
나무라도 해 올까요? 숲에 다녀올까요?
위험하지 않아요? 할 줄은 알아요?
어떻게든 되지 않을까요? 늘 그랬듯이요?
늘 실패의 연속 아니었어요?

누가요? 누가 그래요?
그나저나 좀 으스스하지 않아요?
겉옷을 두르고 나오지 그랬어요?
온도 말고 분위기요, 안 그래요?
텅 빈 하늘이요? 새카만 강물이요?
전에 누가 여기서 죽었다고 하지 않았어요?
어디서나 다 죽고 그러지 않아요?
어디서보다는 어떻게가 문제 아닐까요?
사는 게 더 중요하다고 생각하지 않아요?
어떻게? 아니면 그럼에도?
아마도, 그러므로?
그러나 결국에는?
하지만 마침내?
기어코?
기필코?
방금 뭔가 우는 소리 들리지 않았어요?
아무것도 울지 않는데요, 환청 아니에요?
돌아가지 않을래요?
역시 바깥보단 안이 낫죠?

그 말 그대로네요, 불 켤까요?
여기 피아노가 있네요? 언제부터 있었죠?
글쎄요, 소리가 날까요?
쳐볼까요?
칠 줄 아세요?
칠 줄 몰라도 칠 수는 있지 않을까요?
그럼 소리가 날까요?
소리가 나긴 하지 않을까요?
그래도 이 시간에 치는 건 좀 아니지 않아요?
어차피 주변에 아무도 없지 않아요?
그럼 쳐볼래요?
이것 봐요, 고운 소리가 나잖아요?
아?
네?
네?
괜찮아요?

당신이 피아노를 연주하는 모습이
어깨부터 흘러내린 그 곡선이

육백 년 전쯤 돌아가신 할머니의 모습과 똑같네요
정말 똑같아요

스트리밍

이 기억이 언제부터 시작된 것인지 모르겠습니다. 기억은 특정 한 장면을 되풀이 중입니다. 도끼를 든 남자가 내 위에서 눈을 부릅뜨고 나를 토막 치는 장면, 내가 쪼개져 둘이 되고 셋이 되고, 한 무더기가 된 나를 남자가 불길 속으로 집어 던지는 장면이 계속됩니다. 내 모든 신체가 불길에 휩싸일 때쯤 기억과 나는 점점 무관하게 되어가고…… 내가 사라져도 기억은 계속되는군요. 기억이란 참으로 잘도 흘러가는군요.

기억은 흔들의자에 앉은 남자가 쉼 없이 일렁이는 불덩이를 말없이 쳐다보는 장면으로 이어집니다. 이 장면부터 남자는 불에서 눈을 떼지 않습니다. 당신들처럼요. 이 기억은 남자와 당신들 중 한쪽이 죽거나 잠들 때까지 계속될지도 모르겠습니다. 아니 어쩌면 기억은 남자나 당신들과도 무관하게 흘러가고 있는지도 모르겠지만 저기요, 기억의 출처는 밝혀주셔야지요?

굴

상자 안에 귤이 가득합니다. 귤은 앓고 나은 사람의 얼굴처럼 얽어 있습니다. 여름에 태풍을 맞아 그렇게 되었다는 이야기가 적혀 있었습니다. 귤껍질이 참 단단했습니다. 나는 굴을 깊게 파고 들어가 손톱이 망가질 만큼 단단한 귤을 까먹으며 설산을 오르는 사람 이야기를 읽습니다. 그 사람은 설산을 오르다 산사태를 맞아 죽어가게 되는데, 죽기 직전에 설녀를 만나 살아나게 됩니다. 설녀를 만났다는 이야기를 어디에서도 하지 않겠다고 맹세한 그는 잠에서 깨듯이 일상으로 돌아옵니다. 교복을 입고 학교에 가고, 등굣길에 친구를 만나 설녀를 만난 꿈에 대해 이야기하고, 그러다 그만 설녀가 있는 설산으로 돌아오고 마는. 겨울산이 반복되는 그런 이야기, 죽지도 살지도 않고 죽기 직전으로 계속해서 되돌아오는 그런 이야기입니다. 나는 어쩐지 그 이야기에 매혹되어 읽은 이야기를 읽고 또 읽습니다. 굴 안의 온기가 식어 굴 밖으로 나오니 눈이…… 참 많이도 내리고 있었네요. 나는 외투 주머니 깊은 곳에서 귤을 꺼냈습니다. 굴 속에서 오래 지낸 탓인지 영영 단단할 것만 같던 귤껍질은 물러 있었습니다. 하얀 버짐 같은 곰팡이도 피어 있었습니다. 나는 설산을 올라가며 설녀를 만나는 사람 이야기를 생각합니다. 나는 질병 같던 지난여름을 생각합니다. 아프고 난 뒤로는 잠이 조금 줄었고 영영 나를 괴롭힐 것 같던 악몽도 더는 꾸지 않게 되었습니다. 이제 이야기는 됐고 그만 살아가야 합니다.

언덕 건물

잠 못 이루고 잠 끝낸 뒤
감은 눈 속에서 걷던 걸음
문 바깥으로 이어나갔다. 바깥은
어둠. 누구 없고 바람 조금 불어와서
잊고 나온 외투를 생각나게 한다. 아마도
바깥처럼 누구 없을 숙소에서 열린
창문의 너머를 본다면 어둠 속에서 바람 견디며
높은 언덕을 올라가는 (이상해 보이는) 사람
하나 보일 텐데 그가 바로 나다.
나는 잠을 이루기 위해 듣고 있던
영영 끝나지 않을 것만 같은 (그러나 끝나는)
음악을 머릿속으로 반복하고 있다.
바위 몇 덩어리 지나치고
웃자란 잡초들 지나서
기능 없는 건물 앞에 선다.
들어갈지 그러지 않을지 고민한다.
(누군가 숙소에서 이 광경을 본다면 이미지로 남기고 싶어 할 텐데.)
젊은 음악가 생각.

순진하게 들리겠지만
그는 나를 위해 육화한 신일지도 모른다.
어쩌면 모든 어떤 인간은
어떤 모든 인간을 위한
신일지도.
절대로 그래선 안 되는 것이겠지만
가끔씩 어떤 사람은 정말로
당신을 위한 신이고
그래서 타인은 위험하다.
(그러나 자신의 순진함을 모르는 자신만큼 위험하진 않다.)
기능 없는 건물 앞에 서서
들어갈지 그러지 않을지 고민하며
역사상 가장 유명한 실패자 생각.
그리고 실패가 남기는 유산 생각.
환멸, 그만두겠다던.

외투를 입고 나왔다면 이런 생각을 하지 않았을 테니
외투 없음이라는 상황은 무의식적 선택이기도 한데.
부러 추워한들 알아주는 누구 없으니

추위 앞에서 포즈는 사라지고
바람이라 말하나 정신적 폭풍일 수 있을
이 비일관적인 흐름 속에서
내 몸은 여러 결로 찢어지는 듯하고
파이프 오르간.
예상할 수 있는 끝이 존재하지 않고
연주자의 선택에 의해서만 끝이 발생하는
(그러나 결국 끝내야 하는)
다른 유형의 수학을 떠올리며
신의 존재를 증명해내기 위해
신과 나 사이의 아득한 거리를 수학식으로 계산해내는
바보 같은 믿음을 지닌 종교인에 관한 생각.
그 식에 근거해 물질화된 기도를 공허로
쏘아 올리려 두 손을 모으는 절박한 바보 생각.
(나의 정신병은 이제 숙소에서 오는 시선을 느낀다.)

이 기능 없는 건물에 들어가면
아무 일도 일어나지 않겠지만
아무 일도 일어나지 않더라도

나는 치명적으로 변화할 것이고
내 안에 무언가가 깨어지거나
교체되거나
죽거나
살아날 것이고, 그건
돌이킬 수 없는 일이다.

탐색. 사람들은 항상
비유가 아닌 폐허에서 살아
있어야 하는 이유를 찾아야 하고 점점
그 시간이 오래 걸리고 있다는 생각.
잡초 사이에서 모습을 드러내는
인간의 얼굴을 가진 벌레.
다가가자 날아간다,
인간의 얼굴을 찢고서.

다시 살아가야 한다는 느낌.
희망? 오히려 절망에 가까운 그 느낌.
시체 이미지라는 징후적 상태에서 벗어나

구토하며 사망이 유예되는

죽은 사람이 산 사람의 기억 속에서 살아가듯이
산 사람이 죽은 사람의 의지 속에서 살아가듯이

이제 다 관두자는 생각.

이런 생각이 든 뒤에는
한 번 더 산다는 느낌을 받게 된다.
어째서 그럴 수 있는지
아직 그 이유를 생각 중이다.
누구 없는 숙소에서 랜턴 불이 반짝이고 있고
나는 그것을 나를 향한 기도라고 생각한다.
기능 없는 건물 앞에 서서
당신은 곧 알게 된다.
당신이 이제 무엇을 해야 하는지.

양안다

xan 외

1992년 충남 천안 출생.
2014년 『현대문학』 등단.
시집 『작은 미래의 책』 『백야의 소문으로 영원히』
『숲의 소실점을 향해』.

xan

이것은 쥐와 개의 이야기
그리고 새 한 마리

비가 쏟아지는 새벽 거리를 걷다가 나는 누구에게라도 쏟아내고 싶어져 아무 번호로 전화를 걸었다 그거 알아요? 나는 곧 사라질 거예요 그 예감을 아무도 느끼지 못하고 있어요, 폭우 속에서 모르는 이에게 소리쳤다 상대는 묵묵히 듣다가 "당신, 죽고 싶은 거구나. 부러진 날개를 가졌구나. 그걸 스스로도 모르고 있다니. 불쌍해라. 불쌍해……" 그리고 길가에 쓰러져 정신을 잃었다

그녀는 내가 조금씩 나아질 거라 생각했다 눈사람 인형을 끌어안고 난로를 틀어놓은 채 잠에 들었을 때에도, 젖은 채로 깨어나 더운 몸의 열기를 식힐 때에도, 잠든 그녀가 묘사할 수 없는 포즈로 나에게 안겼을 때에도 나아질 거라 믿었다

그렇지만 어둠의 아가리가 구역질을 쏟아내는 밤이면 온몸을 부들대며 울었고 나의 테두리가 진동하곤 했다 머리끝까지 이불을 뒤집어쓰고 알 수 없는 곳으로 깊게, 더 깊게 가라앉는 나날……

약 기운이 발끝까지 퍼지고 나면
있을 수 없는 일이라는 건 있을 수 없다는 작고 작은 공포가 곁을 서성이고

아주 어렸을 때, 여러 갈래의 골목이 어느 식물의 뿌리로 보이는 동네에 살았을 때, 나중에 알았지만 골목에 뒤끓던 악취가 비에 젖은 쥐똥 냄새였던, 그 냄새를 뒤집어쓰고 다니던 때의 일이다
부엌 바닥에 앉아 할머니의 주름진 손을 만지고 있었다 손끝으로 주름 사이사이를 아주 느리게
느린 속도로 훑으며
골목을 달려가는 상상을 하던 중이었다

곧 비가 오고 오겠구나,
할머니의 말에 고개를 들어 코를 킁킁거렸다 그것은 지금까지 갖고 있는 오래된 버릇이었는데 누구에게 물려받은 유산인지 알 수 없었다

—할머니, 아무 냄새도 나지 않아요.
—귀를 사용하렴. 폭우가 오고 있단다.

흰 천장에는 곰팡이가 피어 있었다

그날 나의 귀는 접착제 덫에 걸린 쥐가 발버둥 치는 소리와 집주인이 마당에서 기르던 검은 개가 네 번 크게 짖는 소리를 들었다 내가 사랑했던 도베르만

그러나 할머니는 질긴 떡을 씹으며 계속 중얼거렸다

이명이 들리는구나
멀리서 누군가가 나를 부르고 있다고……

하지만 이것은 쥐와 개의 이야기
혹은 새 한 마리

약 기운을 씻어낼 때면
나의 주인은 호르몬이 아니라 마음이라는 작고 작은 기쁨이 곁을 서성이고

나는 내가 조금씩 망가질 거라 생각하지 못했다 침몰하는 배의

갑판을 두들기며 달려가는 쥐 떼 영상을 보았을 때에도, 기쁠 때 짖는 소리와 아플 때 짖는 개의 소리가 다르다는 구절을 읽었을 때에도, 아침을 알리는 새의 지저귐으로 어제와 오늘을 구분한다는 부족에 대해 알았을 때에도 망가질 거라 예상하지 못했다

어느 날 그녀와 함께 웃으며 사진 찍고
다음 날 죽을 수도 있겠지만

—폭우가 올 때는 귀를 사용하면 된단다.

비명은 그 주인에게 가장 소란스럽게 들린다

그냥 슬픈 게 아닌데도 그냥 슬프다고 말하면서

흰 천장이 검게 변할 때까지

시네필

달빛이 떨어진다고 네가 말했다

셔터 내린 주점 앞에서
신문지를 덮고 잠든 이가 있었다

새벽 신호등이 주황빛으로 깜빡였다
누구도 보이지 않았다

너는 눈을 자주 비볐고
나는 안개 자욱한 날이라고 말해주었다

어떤 창문에서도 빛을 발견할 수 없었다

밤의 가로등은 몇 개 없고 그것은 우리가 이 도시를 사랑하는 몇 가지 이유 중 하나

우리는 차도를 뛰어다닐 수 있었다
우리는 마음껏 노래 부를 수 있었다
우리는 잠 대신 질주를 선택할 수 있었다

우리는 기쁠 수도 슬플 수도
우리는 웃을 수도 울 수도
우리는 애정과 증오 중에서
그리고 우리는……

달빛이 떨어진다고
너는 말했다

달빛을 달빛이라 부르기 싫다고
내가 말했다

어느 개도 짖지 않는 밤

*

아마도 우리는 과거로부터 벗어날 수 없을 거라고, 우리의 하루는
철골이 그대로 드러난 폐건물에 올라 시간을 낭비하는 것
가끔 머나먼 가족의 부고를 듣곤 했지만
슬픔을 느끼지 않았지 그저 담배 연기를 피워 올리는 것으로 우

리의 제를 지냈을 뿐…… 폐건물은 면보다 선에 가깝고
우리는 우리의 선을 보태며
세계의 단면을 상상하며
춤을 추거나 허공에 다리를 흔드는 것

네가 소매를 걷으며 보여준 건 붉은 나비
그 문신은 네가 원한 것이 아니었고

—처음보다 끝을 상상하기 쉬운 이유를 알 수 있을까.
—끝은 예정되어 있기 마련이니까.
—버림받은 개가 자신의 몸을 가꿀 수 없듯이?
—우리가 서로를 돌보지 않듯이.

두 남자는 테이블에서 전쟁 게임을 한다 자신의 말을 이리저리 옮기며, 금방이라도 죽을 듯이 담배를 피우며, 군인이라도 된 듯 콧수염을 만지작거리지 쿵, 쿵, 발을 구르고 가끔은 입으로 총성을 흉내 낸다 체크메이트, 한 남자가 말한다 이봐 이 숲을 넘보지 말라고, 말한다 나는 그들이 주문한 맥주를 옮긴다 머지않아 두 남자는 자리를 떠난다 그리고 내게 말한다, 그때 그 애는 어디 있는 거지?

네가 원했던 건 수많은 어제를 잊게 할 자그마한 것
내가 원하는 건 이곳을 잊게 할 어떤 물건

이른 아침에 콧물을 뚝뚝 흘렸을 때,
그것을 닦아내었는데
붉게 물든 손등과 마주했을 때

나무는 팔을 뻗는다 새들을 초대하려고

*

찬란, 이라고 말했다

스노우볼을 주워 왔지
피크닉 나온 다람쥐가 홀로 웃고 있어
돗자리를 펴고 옆구리에 커다란 바구니를 끼고 있어
쥐고 흔들면 벚꽃 잎이 휘날리고
벚꽃 잎 속으로 파묻히는 다람쥐

다람쥐는 스노우볼 안에서 영원할 것이다
다람쥐는 영원한 피크닉 속에서
다람쥐는 영원히 웃을 것이고

찬란, 이라고 말했다

끝이 보이지 않는 마트료시카, 그것을 만들고 싶다
열고 열고 열어서 무한에 가까워지는 나를 꿈꾼다
끝나지 않는다

우울한 노래를 들었지
죽고 싶은 기분은 아니었다 우울한 노래를 들었다 우울한 단어를
발음했다

계속 죽을 것 같아서,
죽어본 적 없으면서 죽음을 예감하고
그것을 반복하고 되감는 동안에도
도무지 이 패턴이 완성되지 않는다

고백할까요

찬란, 이라고 말했다

고백하겠습니다

알 수 있었습니다 이곳에서 나는 이방인이었으니까요 사람들이 시꺼먼 눈을 한 채 내 어깨를 치고 지나가는 것도, 때때로 화분 따위를 던지는 것도 괜찮았지만 내가 참을 수 없었던 건 루머였어요 수많은 목소리가 내 목을 졸랐고 심지어 그 애도 소음에 파묻히기 시작했으니까요 그러나 지평선은 뒤를 보여주지 않아요 사람들은 그곳을 넘어가며 자신을 감출 줄 알죠

자고 깨어나면 다시 지옥을 예감하면서

찬란, 그것은 무엇일까

*

그날 밤에도 달이 뜨고
달빛이 떨어졌을까 알 수 없었지만
막다른 골목에 새들이 무더기로 죽어 있는 장면

군인들이 전진하는 장면
누군가를 찾기 위해 숲을 헤집는 장면
수십 명의 군인과 한 명의 시민으로 이루어진 장면

피와 분수, 그리고 내가 알게 된 건 눈알은 쉽게 터지지 않는다는 것이었다
한심한 녀석, 이게 웃겨? 웃기냐고
나는 대답하지 않는다
이게 웃기나 보군 우리가 우스운 거야

군홧발이 그림자로 쏟아지는 장면

신기루,

사막과 오로라와 백야와 극지와 같은 것이 왜 떠오르는지 알 수 없었다
울고 싶지 않았는데 울었다 용광로가 끓었다
반짝이는 보석
얼굴에 수많은 지도가 새겨진다

내가 잠깐 숨을 멈춘 장면

*

너에게 스노우볼을 건넨다
영원한 피크닉 속에서
영원히 웃고 있는
다람쥐
너에게 주고 싶었던 영원

너는 연거푸 잔을 비운다
나의 찢어진 얼굴을 흘깃 보고
그러나 보지 않은 체하며,

시선을 재빨리 거두며 우리 발밑에 놓인 도시를 바라보고
스노우볼을 건네받지
흔든다
너의 손이
흔들린다 어느 봄날의 피크닉과
벚꽃 속에 파묻히는 장면과
이 새벽의 공기를 흔드는 너의 손이 있고
영원이 흔들린다
영원히 흔들릴 수 있다는 듯이
영원히 흔들리는 풍경을 바라보고
고마워
고맙다고, 너는 말한다

달빛이 떨어지고 있었다

죽은 새와 나란히 누워 있는 내가 있었다 우리가 영원하지 않았으면 좋겠어 죽은 새가 얼어터지는 나를 바라보고 있었다 거짓말 마, 너는 시체로 박제되길 원하는 거야 막다른 골목에서 죽음이 죽음을 부르고 있었다 맞아, 사실 나는 걔네가 유치하고 웃겨서 마음

껏 조롱하고 싶었어 머리를 맞으면 온 세상이 흔들리고 있었다 언젠가 나는 완성된 패턴을 모두에게 보여줄 거야 체크메이트, 누구도 말하지 않았다

나무는 높이를 가지기 위해 잎을 떨어뜨린다고
너는 말했다

나무는 죽음을 반복하기 위해 잎을 떨어뜨린다고
내가 말했다

그렇다고 유독 심장이 뛰는 건 아니었다

*

우린 필요했지 불필요한 속도와 가빠지는 호흡
자꾸만 길을 잃어 사방이 뚫린 대로변에서
숨 좀 쉬어봐,
새들이 속삭인다
아니 지금은 밤이니까

네가 새의 얼굴을 하고 속삭인다

그래 우리에겐 언제나 달릴 수 있는 골목이 필요했다
새벽이 끝나도록 취하고 손발을 벌벌 떨 때면
골목은 우리보다 빨리 달려나갔지 우릴 앞질러 나가며
환청일까 이 도시를 깨우려는 듯 비명이 쏟아졌어 아아아아……
깃털이 우수수 떨어졌지 너는 눈을 자주 비볐고
나는 눈보라가 쏟아지는 날이라고 말해주었다
이 도시는 막다른 골목이 많고 그것은 우리가 이 도시를 증오하는 수많은 이유 중 하나
모든 창문을 깨뜨리고 싶다 우리를 쳐다보지 못하게
두 눈이 멀어버린 대신 청각이 발달했다는 작고 작은 생물을 잔뜩 삼키고 싶었지
죽은 새를 옮긴다 금방이라도 죽을 듯이 숨을 몰아쉬면서
피와 분수, 그리고 달빛이 깨지는 장면
심장 속에도 붉은 나비가 새겨져 있다면
그러나

우리의 질주가 멎으면 어느 개도 짖지 않는 밤이 완성된다

내가 알게 된 건 폐는 쉽게 터지지 않는다는 것
너는 찡그린 표정으로 숨을 몰아쉬는데

얼굴이 꼭 자수정을 닮았다고, 자수정, 그런 이름의 보석을 알아? 너는 아무것도 모른다는 듯이 웃는다

찬란에 대해 알 것 같았다

재활

강은 죽은 자들의 영혼으로 흐르고 있다. 끝없이 꽃으로 뒤덮인 들판을 걸으며. 너는 이곳이 천국 길이라고 말했지. 강물의 속도로 우리라는 인간이 떠내려간다. 가라앉는 꽃잎은 젖은 소매와 얼마나 닮았을까. 그렇다고 영혼을 비웃은 건 아니야. 사이좋게 발목에서

피를 흘리며. 영원한 꽃 들판과 누군가의 표정이 흘러가는 물줄기와 웃는 너와 널 닮은 나와

어떤 신비와 함께.

꿈 밖에서 너는 죽었어?

아름답고 두려워. 분명 너는 미안하다고 말했다.

너는 나보다 먼저 꿈속으로 떠나고

눈을 감겨줘. 아니. 감아줘.

밤마다 너의 감은 눈에서 꿈이 흘러나온다. 왈츠가 공전하는데 음악은 언제쯤에야 죽는지 모르겠어. 한밤에 자력으로 빛나던 두 눈이 천체로 가 회전하는데. 보여? 언 손으로 단추를 풀면 드러나는 내 갈비뼈의 간격. 낡은 첼로의 몸통이 부풀고 가라앉는 동안.

개기일식을 바라보다 눈먼 이는 어둠 속에서 작열하는 태양과 끝없이 마주해야 한대. 사막을 지나다 담뱃갑 위로 낙타를 그린 이의 눈동자는 끝내 기체가 되어 증발했을까. 나는 내가 피워 올리는 신기루를 보며 모래알 구르는 소리를 듣는다. 환각이 흩어지잖아. 내가 희미해졌어? 지금 내 피부가 무슨 색으로 보이는지 듣고 싶다.

단 한 번도 꽃을 보지 못한 파충류의 눈처럼 두 눈은 어둠 속에서 너를 찾아 더듬거리고. 잠든 네가 음악에 도달하려는지 경련할 때마다 날갯짓 소리가 들린다. 어떤 비행으로도 잠든 너의 곁을 벗어나지 못하는데.

너의 어둠에는 태양이 꾸다 만 꿈이 새겨져 있을까. 나는 영원히 밤의 악보를 읽을 수 없고 꿈의 대위법을 이해할 수 없다. 일어나 봐. 눈뜰 시간이야. 질주하는 음악이 한꺼번에 밀려올 때. 숨 멈춘 상태를 버겁게 유지할 때. 프리즘을 통과한 파도가 물안개가 되어

두 눈에서 흘러나올 때.

마술

방구석에 구겨져 있다. 약봉지처럼.

물약을 쏟고 누워 있다.
팔다리 달린 알약처럼 숨을 쉬다

말았다.

창밖으로
새의 활강을 연습하는 눈발이 흩날리고 있습니다. 석유난로 위
에서
끓고 있는 주전자. 입김이 번지고.
온수에서 녹는

가루.
쏟아집니다. 창밖으로 눈이.
창밖에는

눈 덮인 골목이

나를 기다리고 있습니다. 지난 꿈에서는 죽은 자의 피로 증오하는 이름들을 적고
팔다리 없는 소년에게
잘게 부순 알약을 먹여주었는데.

왜인지 나는 자꾸 녹는다. 일어날 의지도 없이. 생각부터 녹기 시작한다면.
그러나 투명한 컵은 신기루를 보여주는데.

신기해.
내가 사라져요.
입김보다 빠른 속도로.

축제는 시작되지 않았어요

나는 너무 늦게 도착한 편지입니다. 말라 죽은 넝쿨이 나의 마음이자
손님들이 나에게서 떠난 이유입니다.

모두 떠나간 대저택에서.
바람 빠진 풍선처럼 공허했습니다. 나의 몸은 점점 작아지고.

욕조에 가라앉은 채로
우는 버릇을 선호하는 편입니다.

냄비에는 끓는 물이 넘치고 있는데요.

은 접시를 집어 던지는 것이지요. 이런 내가 싫어서.
연미복을 입은 채 강물에 뛰어드는 것이고요.

테이블에 착석해주십시오.
음식은 반시계 방향으로 넘기는 게 예절입니다. 부족한 건

없으십니까?

나는 내일의 손님들을 대접하는데.

취미로 기른 크랜베리를 따면 손끝이 붉게 물듭니다.

생채기가 아물면 나의 살은 어쩐지 두꺼워지고요. 정원에서

젖은 흙으로 소꿉놀이를 하는 아이들을 바라보며.

그래도 씻어야지. 내일 또 더러워질 걸 알면서도. 그러고 나서
손님들에게 정중하게 사과하는 거야……

다짐합니다.

다시 편지를 쓰겠습니다. 이 대저택에 모두를 초대하려고.

풍선 부는 아이들이 점점 작아지고요.

탄 냄새를 선호하는 편입니다.

중력

무리를 놓친 어린 양을 사랑하는 마음으로

친구들은 나를 이끌어주었죠 방향은 옳았을까요 어느 날 나는 밤의 도시 한가운데에 서 있었습니다 늦은 시간에도 어딘가로 향하는 사람이 많더군요 집을 놔두고 거리를 뒹구는 취객들이 있더군요 낯선 곳에 도착한 양은 무슨 생각을 했을까요 빛이 보이지 않았습니다 늦은 새벽이었습니다 나는 무엇을 해야 할까요

선생은 자신을 빛내기에 바쁘더군요 현재와 미래를 잊은 채 설교하고 나를 꾸짖으며 자신의 과거를 긍정하더군요 비가 쏟아지던데요 나는 고개를 끄덕이고 말았습니다

그러나 내가 집으로 돌아와 한 일은 나의 우울 목록을 작성하는 것이었습니다 슬픔을 통째로 복습하는 시간…… 서랍에는 미래 계획이나 버킷 리스트가 빛바랜 지 오래입니다

그리고

그리고

이것이 우리의 여름입니다

*

죽은 자에게 꽃을 주는 이유를 알 수 없었다 우리들은 과일 몇 알을 깎아 올려놓은 뒤 그가 즐겨 피우던 담배에 불을 붙여놓았다 원이 무덤 주위로 술을 세 번 붓는 동안
영과 윤은 짧은 춤을 추고

—담배 연기의 방향이 바뀌면 영혼이 찾아온 거래.
—대체 어디서 그런 말을 듣고 온 거야.

무덤을 정돈하면 죽은 그가 깨끗해질 수 있는 걸까

우리들은 언덕에 걸터앉아
저 멀리 숲이 타오르는 걸 보았다
손을 내밀면 잡아주는 사람이 있다는 것,
그것이 우리의 평화
그것이 우리의 사랑
몬데는 코피를 뚝뚝 흘리며 잔디에게 붉은색을 가르쳐주었다

보았니 불을
보았니 이 나간 헬멧을 쥔 패잔병을

"그가 보고 싶어." 엘리가 말했을 때
우리는 듣지 못한 체하며 타오르는 숲만 바라보았다

그러나 그것은 꼭 내 목소리 같았는데

*

선생의 집에는 낡은 텔레비전이 유일한 조명이었습니다 바깥은 한낮이었지만 그곳에선 빛의 기울기를 가늠하기 어려울 정도였습니다 거실에 무엇이 있었는지 선명하지 않지만 유독 소파가 기억에 남았는데, 선생을 기다리는 동안 소파에 앉았을 때 먼지가 나를 뒤덮었기 때문입니다 불쾌함을 전부 떨쳐냈을 때쯤 선생은 노트를 쥐고 나왔습니다

"이걸 읽는다는 건 고문이야. 에세이와 다름없다고."

나는 떨고 있는 선생의 손을 보았지만 곧 외면했습니다 예전이라면 그러지 않았을 텐데 이것으로 선생에게 작은 복수 하나를 한 셈이라 여겼습니다 선생은 눈치를 살피다 남은 손으로 자신의 떠는 손을 움켜쥐었습니다

노트 표지에는
'존경하지 않지만 친애하는 선생에게'
라고 적혀 있다

—하필이면 왜 그가 당신에게 노트를 남겼을까요.
—내가 떠날 걸 예상했을 거야. 그 애라면 알고 있었을 거야.

문득 사위가 어두워졌고
선생은 창문을 열기 위해 커튼을 걷었습니다

밤은 완성되기 시작한다

"이제 읽어도 괜찮을까?"

나는 고개를 끄덕이고 말았습니다

*

숲이 타오르고 있어.
저들의 일상은 깨진 헬멧을 만지작거리는 것이 전부야.
심지어 패배를 즐기는 것처럼 보여.
그런 말 하지 마. 사랑도, 용기도 없으면서.
도대체 총기는 어디 두고 맨손인 거야.
숲이 타오르고 있어.
그만하라니까. 우린 누굴 가르칠 자격 없어.
선생처럼?
아니. 선생은 알고 있었어.
무엇을?
숲이 타오르고 있어.
숲을. 아니. 숲이 아니라.
뭐라는 거야.
내 말은 우리가 이렇게 될 거라는 걸……
숲이 타오르고 있어.

숲이……

숲 때문에 우리가 이렇게 되었다고?

아니. 그게 아니라. 엘리, 조용히 좀 해봐. 그러니까 내 말은.

재 지금 발작하는 거야?

숲. 숲이 타오르고 있어.

……맞아, 엘리. 하지만 괜찮아. 시간이 지나면 모두 꺼질 거야.

아니. 숲이 타오르고 있어.

숲이 타오르고

양들이 도망치고 있어.

*

선생은 노트를 펼쳐 읽기 시작했습니다 그것은 끝없이 긴 하나의 서사였으며 많은 시간이 흐르고 흘렀음에도 여전히 비명으로 가득했습니다 선생은 읽으면 읽을수록 지옥에 대해 알게 되는 것 같다고 말했습니다

"……아마도 몇 명쯤은 저의 죽음을 슬퍼하러 올 거예요. 그렇게 되면 선생, 저를 위해 꼭 해줘야 할 일이 있어요. 첫 번째로 울지

마세요. 울지 않아도 당신이 슬프다는 건 모두가 알고 있을 거예요. 두 번째, 짐을 정리하세요. 단을 포함한 모두가 당신을 찾을 수 없도록 멀리 떠나세요."

이 대목에서 선생은 한동안 입을 꾹 다물었습니다 갑작스러운 비극에 울음을 참으려는 듯이
나는 고개를 숙이고 말았지만

"선생, 마지막 규칙은 꼭 지켜주세요. 다른 건 잊더라도 이건 꼭 지켜주길 부탁해요. 그것은……"

밤은 거의 완성되었다

*

그 애 없이 바다에 간 어느 날이었다

그날 우리는 근처 매장에 들러 정신없이 카트에 물건을 쓸어 담았다 스피커에선 귀를 사로잡는 선율이 흘러나왔는데 나는 잠꼬대

를 하다 숨이 넘어갈 만큼 그 가사를 중얼거리곤 했다, "If you help me now, we'll live together."

우리는 밝게 웃었다 우리는 입가를 빛낼 수 있을 거라는 듯이 웃었다 우리는 실없는 소리를 늘어놓으며 몰려다녔고 우리는 그게 멋있으면서도 위악적으로 보일 거라 여겼으며 우리는 내일이 오지 않을 것처럼 행동하곤 하였으나
우리는 가끔 숨죽여 눈물을 흘리곤 했다

진짜 마음을 속이기 위해
진짜 슬픔을 속이기 위해

……*어둠 속에서 죽는다는 건 빛을 증오한다는 뜻*

밤의 해변에서
연인들이 폭죽을 터뜨리면
카메라에서 연속적으로 터지던 섬광과
바다 깊숙이 발자국을 남기고 오는 이들
두꺼운 외투와

젖은 발목
어깨에서 녹아내리는 눈송이
그리고 믿기지 않는 빛……
떠올리기 싫은 기억들이
나를 구타하기 시작한다

꿈속에서
성곽을 따라 걷다가
해 지는 속도로 너를 쫓아갔어
우린 빛 속에서 함께 살 거야
우린 빛 속에서 함께 죽을 거고
그러나
네가 어둠 속으로 숨어들 때

있잖아
예전에는 미래란 계획된 것이라고 생각했어
우리의 과거도
현재와 미래도 모두 정해져 있다고……
이제는 잘 모르겠어 우연이어도 좋아라

미소만 지으며
운명이어도 좋아라

무슨 말을 그렇게 해?
그가 무덤에서도 울었으면 좋겠어?

지난날 해변에는
그 애도 꽃다발을 쥐고 우리와 걸었지
그는 어느 순간 자신 마음속으로 숨어버리더니
꽃잎을 하나씩 떼어내며 내게 말했어
"우린 무턱대고 비행하고 나서야
무사히 도착하길 기도하지.
나는 생각했어. 왜 우리의 속도만 느린 걸까.
도착지엔 대체 무엇이 있는 거지?
너는 보았니. 공허한 우주를.
너는 들었니. 천체의 노래를. 그러나 나는 떨어졌어.
깨달았지. 우주 속의 우리. 우리 안의 우주.
우린 추락하고 있었어."

이젠 한낮에도 악기를 쥐고 음악을 만든다
우리는 노래한다
우리는 노래하지
잠꼬대처럼 그림자처럼
유령의 무용처럼

*

“잤어?”

쪽잠에 빠졌다 깬 사람처럼 나는 선생과 눈을 마주쳤습니다 그리고 오랜만에 선생의 눈을 마주 보았다는 사실을 알게 되었습니다

선생은 그가 남긴 마지막 편지를 건넸습니다

편지 봉투에는
‘사랑하는 단에게’
라고 적혀 있다

—하필이면 왜 당신에게 편지를 맡긴 걸까요.

—그 애는 네가 나를 찾아올 줄 알고 있던 거야.

우리는 이미 작별을 주고받은 적이 있다는 걸 상기하며…… 나는 선생에게 그저 작은 목례를 건네는 게 전부였습니다 그렇게 선생의 집을 빠져나왔습니다 거리에서 나는 사방으로 적에게 둘러싸인 것처럼 신경을 곤두세웠습니다 어둠이더군요 눈이 멀어버리더군요 누가 나의 표정을 훔쳐 갔습니까

밤은 온전히 완성되었다

이번에도 나는 선생에게 미처 묻지 못한 것이 있었습니다 그와 작별 인사를 나눈 적이 있는지, 아직도 편지를 안녕으로 시작해서 안녕으로 끝내는지, 끝내 환절기에게 이름을 붙여줬는지, 죽음을 동경한 적이 있는지, 그리고 당신의 미래는 가벼워졌는지……

삼키고

또 삼키며

무던히도 걸음을 옮겼습니다

보았니 나의 범람을
보았니 누군가 훔쳐 간 나의 표정을

선생, 지금 우리를 봤다면 무엇이라 불렀겠습니까
우리가 서로 춤추는 행성의 공전을, 우리의 춤곡을
우리라는 이름의 격정을

*

열차에서
창밖으로 숲이 타오르는 걸 보았을 때 그 불이 꺼지지 않는다면
도망치는 양들이 보이지 않는다면

나는 죽은 친구의 편지를 뜯는다

'……단, 너에게 이 느낌을 정확한 문장으로 옮기기 어려워. 이건 그냥 하나의 감정이야. 하나의 인간이 느끼는 하나의 감정이고, 어쩌면 하나의 세계, 그러니까 나는 단지…… 죽음이 나를 당기는 것처럼 그래야 했어. 다른 이유는 없어. 이건 선생이 적던 수식과

다르지 않다고 생각하니까. 너는 나를 멍청하다고 여기게 될까. 부디 안녕히.

너의 친구로부터.'

열차 안에서 창밖을 바라보았을 때
건너편 선로에서 다른 열차가 지나가는 것을 보았을 때
순간 누군가와 시선을 마주했을 때
내 얼굴이 가로로 잘리는 망상에 빠지는 동안
팽팽히 당겨진 실과
감당할 수 없는 속력
끝나지 않는 터널
기다랗고 얇은 빛과
관통과
무너져 내리는 마음과
저 슬픔과
저 슬픔이
내 슬픔에게로

……빛 속에서 만난다는 건 어둠 속에서 작별해야 한다는 뜻

나를 먼 곳으로 데려가줘요
세계는 하나의 생물
비는 내리고
강물은 바다로 향하고
계절은 다시 오고
육지가 하나의 퍼즐 조각이라면
철로는 어디까지 연결될 수 있을까요
그래서 우리는
퍼즐 조각 위에서 부스러기를 옮기는 개미처럼
언제 조각날지도 모른 채
흘러가는 걸까요
나는 형형색색의 꽃을
당신 무덤에
놓아드렸어요
춤을 추었어요

꿈속에서
해 지는 속도로 너를 쫓다가
문득

영원한 빛 속이라는 걸 알아버렸을 때

안녕 안녕 안녕 안녕 안녕……

너는 손목에 풍선을 묶고 물속에 뛰어드는 사람, 그러나 나는 너를 향해 떨어지고 있었다
무거운 속도로
무서운 꿈과 함께

이소호

누구나의 어제 그리고 오늘 혹은 내일 외

1988년 서울 출생.
2014년 『현대시』 등단.
시집 『캣콜링』.

누구나의 어제 그리고 오늘 혹은 내일[1]

얼룩진 축제[2] 3개월 동안 훔쳐본[3] 신림동의 원룸[4] 기생충 같은 년[5] 쓰레기봉투에 담긴[6] CCTV[7] 게임은 게임일 뿐[8] 소지는 범죄가 아니다[9] 어두운 밤길[10] 택배 기사로 위장[11]한 남성은 여자 친구를 때리기까지 했다[12] 강간해서 죽이자[13] 악랄하고 연쇄적인[14] 단톡방[15] 엘리베이터 옆에 숨어[16] 마스크를 쓴 괴한[17] 세면대 위에서 바지춤을 잡고[18] 업로드 완료[19] 우리의 대화는 걸리지 않을 것이다[20] 노크 없이 강제로[21] 여탕에 들어간 여장 남자[22] 실수로[23] 손가방 안에 숨긴 휴대전화[24] 끈질긴 구애[25]와 미리 산 흉기[26] 가마니[27] 이별 통보[28] 순간적으로 감정이 격해져[29] 나온 지하철 산책[30] 개구리 두 마리, 바지 한 벌[31] 평소 알고 지내던[32] 주먹과 발[33] 생지옥이 되어버린 집[34] 술 취해 기억이 안 나[35] 중립을 지키는[36] 현직 경찰, 재판 과정에서 집행유예[37] 칼이라도 맞아야 하나[38]

1 "올해 NEW MUSEUM의 메인 전시를 기획한 수석 큐레이터는 본지와의 인터뷰에서 '이소호 시인의 「누구나의 어제 그리고 오늘 혹은 내일」은 한 달(2020년 2월 1일부터 2020년 2월 29일) 동안 일어난 여성을 대상으로 한 범죄 기사를 모아 재구성한 것'이라고 밝혔다. 그래서일까 이 작품에 실험이라는 말은 어울리지 않는다. 조금도 신선하거나 새롭지 않기 때문이다. 단지 이것은 일상의 나열이다. 만연하고 익숙하며 끊임없이 반복되는."(이경진, 「예술은 지금 : 텍스트 콜라주 시인가, 르포인가?」, 데일리뉴스, 2020. 4. 1., 1면)

2 김용래, 「'성범죄자' 폴란스키 논란으로 얼룩진 프랑스 영화 최대 축제」, 연합뉴스, 2020. 2. 29.(http://reurl.kr/14871F43RU)

3 함철민, 「3개월 동안 여자 혼자 사는 반지하 훔쳐본 남성 스토킹으로 처벌 못 한다」, 인사이트, 2020. 2. 2.(http://reurl.kr/14871F7BGU)

4 이지원, 「여성 1인 가구 늘어나니 범죄도 증가… '주거침입', 5년 새 2배 증가」, 데일리팝, 2020. 2. 28.(http://reurl.kr/14871F4BEY)

5 금홍기, 「아시안 여성 증오범죄 피해 잇달아」, 한국일보, 2020. 2. 26.(http://reurl.kr/14871F4ELQ)

6 고미혜, 「강력범죄에 분노한 멕시코 여성들, 내달 '여성 없는 하루' 파업」, 연합뉴스, 2020. 2. 24.(http://reurl.kr/14871F51VU)

7 박성진·강성휘, 「60대 최대 관심사는 '일자리'… 20대 여성은 'CCTV'」, 동아일보, 2020. 2. 19.(http://reurl.kr/14871F56IE)

8 구석찬, 「게임한다며 '성범죄'… '헌팅방송' 피해 잇따라」, JTBC, 2020. 2. 11.(http://reurl.kr/14972038UR)

9 신지예, 「정당별 여성 공약 분석—1.'디지털 성폭력'편」, 여성신문, 2020. 2. 28.(http://reurl.kr/14871F5CMW)

10 권대환, 「성동구, '2020년 여성 안심 귀가 스카우트' 서비스 본격 시행」, 내외뉴스통신, 2020. 2. 26.(http://reurl.kr/14871F5EVY)

11 배지현, 「성착취 피해자가 러시아서 가해자로 둔갑… 검찰은 무혐의」, 한겨레, 2020. 2. 28.(http://reurl.kr/14871F8DBP)

12 이성원, 「여성 1인 가구 증가의 그림자… '주거침입' 5년 새 2배」, 서울신문, 2020. 2. 24.(http://reurl.kr/14871F68QD)

13 장재진, 「김용민, 과거 '여성 비하' 발언으로 〈거리의 만찬〉 MC 자진 하차」, 한국일보, 2020. 2. 6.(http://reurl.kr/14871FB3FV)

14 정유진, 「하비 와인스타인, 3급 강간·범죄적 성행위 유죄 평결 "최대 25년형"」, 뉴스1,

2020. 2. 25.(http://reurl.kr/14871F6FAU)
15 민경아, 「'집단 성폭행 혐의' 정준영·최종훈, 항소심 공판 연기… 사유는?」, 스포츠경향, 2020. 2. 28.(http://reurl.kr/14871F77PQ)
16 양봉식, 「아랫집 여고생 끌고 가려던 40대, 징역 1년 선고」, 세계일보, 2020. 2. 16.(http://reurl.kr/14871FF2JH)
17 하지은, 「길 가던 50대 여성, 마스크 쓴 괴한에 둔기로 맞아… 경찰 수사」, 경기일보, 2020. 2. 6.(http://reurl.kr/14871FB5DV)
18 장아름, 「세면대 위에서 여자 화장실 훔쳐본 70대 남성 집행유예」, 연합뉴스, 2020. 2. 6.(http://reurl.kr/14871FB1JO)
19 이여진, 「정부 N번방 단속에도 '유사 N번방'에서 기존 자료 유통돼」, 경인일보, 2020. 2. 29.(http://reurl.kr/14871F71EA)
20 이근아·손지민, 「"유출되면 끝 ㅋㅋ"… 알면서도 못 끊는 단톡 성희롱」, 서울신문, 2020. 2. 3.(http://reurl.kr/14871F94QT)
21 주영민, 「성추행·부당 해고 '안다르'… 신애련 대표 '말 바꾸기'로 빈축」, UPI뉴스, 2020. 2. 4.(http://reurl.kr/14972041LI)
22 강신후, 「여탕 들어가 목욕한 여장 남자… 출동 경찰은 '황당 답변'」, JTBC, 2020. 2. 13.(http://reurl.kr/14871FECEO)
23 김용빈, 「지인 여성에게 '113차례 음란 메시지' 40대 벌금형」, 뉴스1, 2020. 2. 14.(http://reurl.kr/1497203FQL)
24 김진영, 「손가방 구멍 뚫어 불법 촬영… 30대 징역 8월 선고」, 전남일보, 2020. 2. 16.(http://reurl.kr/14871FF4HQ)
25 김영현, 「인도 20대 여성, 스토커에게 '방화 공격' 받고 1주일 만에 사망」, 연합뉴스, 2020. 2. 10.(http://reurl.kr/1497203ECF)
26 고상현, 「"일부러 여성 골라"… 흉기 강도 50대 징역 15년」, 노컷뉴스, 2020. 2. 24.(http://reurl.kr/1487200ESR)
27 박민지, 「가마니 살인사건 범인은 '남친'… 시신 옮긴 공범은 누구」, 국민일보, 2020. 2. 25.(http://reurl.kr/14972027PW)
28 박아론, 「이별 통보 전 여친 2명 폭행한 20대, 세 번째 또 폭행해 실형」, 뉴스1, 2020. 2. 27.(http://reurl.kr/1497202AUM)
29 이승환, 「'시끄럽다' 이웃 여성 살해 시도 60대 男 1심 징역 3년 6월」, 뉴스1, 2020. 2. 26.(http://reurl.kr/14972029CL)
30 이장호, 「지하철 성추행 80대 "산책" 주장에 法 "성추행범 교본… 징역 10월"」, 뉴스1,

2020. 2. 18.(http://reurl.kr/14871FFCGO)
31 정상호, 「〈그것이 알고 싶다〉 내슈빌 감금 폭행 사건의 진실… 암호의 비밀은?」, 아이뉴스24, 2020. 2. 8.(http://reurl.kr/14972040KG)
32 김성호, 「알고 지내던 여성 살해한 거제 60대 남성 체포」, 경남신문, 2020. 2. 16.(http://reurl.kr/14871FF5VN)
33 류형근, 「베트남 출신 아내 폭행 30대 항소심도 징역 1년」, 뉴시스, 2020. 2. 12.(http://reurl.kr/14871FEBCL)
34 강보라, 「〈실화탐사대〉 39년간의 가정폭력, 생지옥이 되어버린 집」, 싱글리스트, 2020. 2. 12.(http://reurl.kr/14871FE7IN)
35 김민수, 「식당에서 흉기 휘두르고는 "술 취해 기억 안 나"」, MBN, 2020. 2. 18.(http://reurl.kr/14872001EI)
36 강소현, 「성추행으로 신고 요청한 여성에 '멀뚱'… 올리브영 "중립 지키는 게 매뉴얼"」, 톱스타뉴스, 2020. 2. 18.(http://reurl.kr/14872000SV)
37 정윤아, 「귀가 여성 집까지 쫓아가 추행한 경찰관… 1심 집행유예」, 뉴시스, 2020. 2. 7.(http://reurl.kr/14871FBAMA)
38 김지영, 「〈궁금한 이야기 Y〉 부산 고백남 피해자 "경찰, 피해 없어 수사 안 된다고"」, 더셀럽, 2020. 2. 7.(http://reurl.kr/14871FC3NB)

공평하지 않은 싸움과 평등하지 않은 용서*

휴전을 제안한다 관용과 용서 약간의 애정을 베풀겠다 백팔 번의 절을 하고 반야심경을 외우겠다 경전을 외우느라 분노의 원인을 다 까먹겠다 하루 다섯 번 너를 생각하고 너를 향해 인사하고 너를 위해 금욕하겠다 해 질 때까지 너만을 기다리겠다 백 일 동안 쑥과 마늘만을 먹으며 눈을 꼭 감은 채 기다리겠다 초인종을 누르고 네가 나올 때까지 기다리겠다 나보다 네 이웃을 사랑하라는 말씀을 지킨 너의 죄를 사하겠다 나는 평화주의자니까 간디가 기차에서 집어 던진 신발처럼 관용의 아이콘이 되겠다 한마음 한뜻으로 갠지스강에서 겨드랑이를 씻고 시체처럼 둥둥 모른 척하겠다 비폭력의 중심에서 물레를 돌리겠다 네 등골을 쪽쪽 빨아 물레를 돌리다 질려 기나긴 잠을 자겠다 모두가 몇 날 며칠 나를 흔들어 깨우며 구원을 울부짖더라도 나서지 않겠다 멍청한 잔다르크처럼 영웅심에 사로잡혀 나서지 않겠다 나는 안다 역사에 마녀는 꼭 필요하기 때문에, 결국에 나는 군중의 함성과 함께 불타오를 것을, 안다 나는 안다 나는 평화주의자이기 때문에. 내가 꺼지길 원한다면 피리를 불어라 일곱 번 여덟 번 넘어져도 무슨 일이 있어도 울지 말고 일어서서 피리를 불 것이다. 그럼 네 피리 소리에 맞춰 한강에 뛰어들겠다 나 한 마리 나 두 마리 삘릴리 삘릴리 네가 마포대교에서 피리를 불면 너에게서 나라는 나는 전부 빠져 죽을 것이다 이제 시대에 나는 없을 것이다 그럼 이 나라의 평화는 누가 지키지? 미스 구로 진. 나는 마지막 소감을 전하다가도 울지 않겠다 우아하게 손을 흔들겠다 살려달라는 소리는 혀 밑에 깔고, 가겠다 한 마리 두 마리 퐁당퐁당 나를 던진다 아무도 몰래 나를 던진다 건너편의 나, 나, 나, 나와, 여……여 영원한 사랑과 봉사를 맹세하며 반지를 나누어 낀다 땅 불 바람 물 마음 다섯 가지 힘을 하나로 합쳐 너를 구원하겠다 캡틴 오 나의 캡틴! 평화를 위해 삼 일 밤낮으로 졸지 않고 기도하겠다 신이시여 신이시여 너는 마음을 내게 바치라 믿으라 태초에 성경을 필사하고 CCM을 들으면 홍콩을 건너게 해주겠다는, 말씀이 있었다 이제 진정한 평화는 네 안에 있다 네게 강 같은 평화 꿀과 젖이 흐르는 나. 브래지어 안에 숨겨둔 불타는 가슴. 나는 평화주의자이기 때문에 뜨거운 이 가슴을 고스란히 너의 팬티에 바치겠다 무너지기 위해 태어난 장벽은 굳이 세우지 않겠다 백린탄을 쏘아 이 밤을 밝히지 않겠다 깊고 깊은 밤 네 땅이 내 것이라고 우기지 않겠다 너는 선을 넘어 여러 차례 먹었지만 그럼에도 불구하고 내가 네 것이라고 우기지 않겠다 넘보지 않겠다 나는 그 자리에 있겠다 영원히 네 방, 구석에 있는 장롱처럼. 벌리라면 벌리고 닫으라면 닫겠다 나는 당신의 어떠한 폭력에도 굴복하는 평화주의자다

* 2017년 4월 23일. 나는 SNS에서 애인이 바람피운 사실을 발견했다. 하지만 몇 년이 지난 지금도 그는 내가 안다는 사실을 모른다. 역시 엄마 말씀이 다 맞았다. 사랑에는 맹목적 희생이 필요하다.

보려다 가려진 감추다 벌어진*

나는, 옛날, 아주, 먼, 옛날, 태어난,

나는, 앵커리지, 전쟁고아, 사, 분의, 일, 나는, 엄마랑, 아빠의, 이, 분의, 일, 손가락이, 모자란다, 셈, 실패다, 다시, 나는, 에이-오형, 더하기, 오-오형, 나는, 백오십이, 나누기, 백육십사, 다시, 다시, 나는, 나는, 처음부터, 이씨, 더하기, 채씨의, 교집합의, 합집합, 나는, 신길동과, 영등포, 사이에서, 강림하신, 나는, 여의도, 성모병원, 산부인과, 제왕절개, 전문의, 선생님의, 손길로, 빚어낸, 나는, 나로, 말미암아, 세상에, 버려져, 울고, 싶어요, 선생님, 나를, 뒤집어, 때려요, 선생님, 나를, 때려요, 왼손잡이, 선생님, 나는, 다시, 피 튀기는, 거듭되는, 훈련으로, 오른손으로, 돌잡이, 나는, 연필을, 쥠쥠, 밤마다 손톱을, 깎아, 쥐새끼에게, 먹이고, 나는, 틈틈이, 나를, 낳아, 나를, 수십, 마리씩, 기른다, 나는, 나를, 죽인다, 나는, 나를, 팔아, 먹고, 나는, 적혔다, 쓰였다, 계속, 계, 속, 나는, 나를, 손쉽게, 썼다가, 버렸다, 나는, 나로, 인해 나를, 지운다, 가죽도, 없이, 이름만, 남기고, 나는, 속절없이, 자라서, 나는, 나의, 옛말에, 이르되, 나는, 팔자가, 사납게, 타고난, 난, 년이라, 나는, 수면제, 없이, 잘, 자는, 지독한, 나는, 매, 맞고도, 달려드는, 나는, 외로움보다, 나는, 폭력이, 좋아, 옛날, 아주, 먼, 옛날, 엄마가, 회초리를, 든, 날이면, 마데카솔, 연고를, 발라, 줬다, 구석, 구석, 억지로, 눈을, 감기고, 내가,

아직 자지, 않는, 다는, 것을, 확인하고, 귓가에, 대고, 속삭였다, 자장, 자장, 우리, 아가, 이게, 다, 널, 위해서, 그런, 거란다, 사랑이란, 이름으로, 폭력을, 휘두르는, 나는, 폭력으로, 사랑을, 확인했다, 엄마가, 그랬다, 사랑이란, 그런, 거다, 사랑한다면, 아낌없이, 줘야, 한다, 지독한, 상처를, 줘야, 한다, 영원히, 잊히지, 못, 할, 정도로, 사랑을, 상처로, 배운, 나는, 다정하지도, 못한, 늙고, 돈도, 없고, 재능도, 없어, 여러모로, 망한, 남자와, 진창에, 같이, 굴러, 빠질, 정도로, 착해, 빠져도, 나는, 언제나, 너에게, 썅년이, 되었다, 나는, 다, 주고, 다, 뺏겼다, 사랑하니까, 눈탱이를, 맞아도 아깝지, 않았다, 쌍, 팔, 년의, 순정, 미친, 개, 의, 우상인, 나는, 불행으로, 말미암아, 행복, 전도사인, 나는, 경진, 나는, 소호, 나는, 남자, 에, 미쳐서, 나는, 에미, 애비도, 몰라, 보고, 나는, 먹고, 싸고, 즐기다, 가는, 나는,

누군가의, 혀로, 빚어진, 이, 이야기의,

나는,,,,,,,,,,,,,

* 처음이 무엇이었는지는 중요하지 않다. 기록에 따르면 소호는 경진이의 이름을 빌려 불행을 말하고 싶었다고 했었고, (2014년 12월 26일 일기 발췌) 몇 년 뒤 소호는 경진이를 팔아 첫 책을 얻었다. 그 후 나는 나의 작품 세계를 견고히 하기 위해 매일 불행을 연습했다. 나의 불행을, 가족의 불행을, 여성의 불행을, 인류의 불행을 채집하며 나는 일상의 자신을 버렸다. 독자 1은 그것을 작가의 본 모습이라고 믿었다. 그래서 독자 2는 그 '소호'는 곧 모두의 재연이나 재현이라고 불렀다. 독자 3은 역시 진짜 이야기만이 진정

으로 감동을 줄 수 있다고 말했다. 그러나 '소호'는 사실 또 다른 창작의 부산물에 불과했다. 시인으로서 생활인의 삶을 복제하고 또 그 복제를 복제하여 복제의 복제품으로서 자신을 썼을 뿐이었다. 시를 쓴 지 10년째 되던 해. 결국 나는 생활인으로서의 소호를 버리게 된다. 중요한 것은 읽고 싶은 소호였다. 그래서 원래의 사건은 삭제되고, 미화되고, 어쩌면 더 부풀려져 포즈를 취할 뿐. 독자들은 그 소호를 진짜라고 믿었다. 그래서 나는 점점 '소호'를 닮아갔다. 글쓰기를 멈추지 않는 이상, 나는 결국 '소호'로만 남아 완전한 시뮬라크르로서 존재하게 되는 것이다. 나의 삶은 서점 매대에 누워 있다. 소문으로서 박제되어 떠다니는 소호는 어쩐지 고독하다. 이제 더는 무엇이 나를 쓰게 했던 일이었는지 그것이 진짜 일어났던 일이었는지 알 수 없다. 소호는 무수한 소호들 그 사이에 그 안에 무엇으로 있다. 작품으로 남기로 한 이상, 원래 소호가 무엇이었는지는 더는 중요하지 않다. 이 시는 '나'에 대한 마지막 기록이다. 나는 쉽게 불행해졌고 소비했고 앙상하게 껍데기만 남은 진짜 나를 남기고 싶었다. 읽고 싶은 소호를 배제하고 배열된 이 '시'는 어떻게 읽히는가. 다행히 이 시를 쓰는 동안 나는 열렬히 사랑했고 처절하게 버림받았다. 조금 더 죽고 싶고 조금 덜 살고 싶었다. 이 작은 차이. 하나이면서 다수인, 영원히 반복되는 나는, 어쩔 수 없는 이 시뮬라크르의 세계를 떠돌아다니고 있다.

아무것도 없어야 하는 곳에 있는 무엇과 무언가 있어야 하는 곳에 없는 것* **

하루 삼십 분의 산책
페미니스트 헤테로
초식 공룡 우두머리
회초리를 피해 달아나는
삼십 대 미혼 여성 예술가의 생태계
요절하는 천재 작가들의 사이에서
장수하는 이소호
귀족을 위한 문학
나라에 돈이 부족하다
영안실에 갇힌 미제
전염과 사랑
실존하는 마스크
공권력의 의문사
길 잃은 보도블록들
골탕 한 사발
진로 오리지널에 홍합탕
남녀 공용 화장실에서 태어난
칼을 든 남자
어제야 비로소 난

나를 지배할 남자를 낳았지
전화선으로 엮은 동아줄
녹은 페트병 속 젖은
불의의 나사못
올드 스쿨 막걸리 깡패
원룸촌 베이비 정규직
서로의 혀를 밀어 넣고
고수레, 고수레
쿠션에 한 땀 한 땀 수놓은 말씀이다
머리 검은 짐승에게 매일 한 스푼의 비누를 먹여라
모래 위에 생선 껍질을 잘라 넣은
아이러니
미술 사조 한가운데
셀로판 포장지로 기저귀를 한 할머니
마이너스 마이너스 마이너스
나는 우산
그러나 추상
문제적으로 죽을지도 몰라
내레이션 대화 대사 내레이션으로 이어지는 익숙한 리듬

강철로 만든 수수께끼

전자레인지 아래 다섯 마리 쥐

소금쟁이와 모기와 장구벌레 망년회

쇄빙선을 뚫은 과일박쥐들이 동굴로 날아가는 시간

서울 시각으로 여섯 시

눈곱과 며느리발톱 두 개의 가마

액자에 걸린 바다

사과로 깎은 토끼와 의정부 남편

침묵의 휴양지

불행 채집

읽기 쓰기 나누기

겁쟁이 파티

스테이플러로 찍은

떡제본 사이에 낸 칼집

넌 말이 너무 많아

다 싸야 또 먹지

날것의 단어로 남은 맹목

식판 위의 라캉

책 속에 살아서

영원히 박제된
죽은 사람 연구소
비전공 육두품
비전통 연애편지
남산 아래 일반대학원 코끼리
가끔은 이렇게 당신이 지은 이야기 속을 걷다 나락으로 떨어져도 좋아
타자기로 후려치는 키읔 키읔 키읔
인류 최초의 거짓말을 너는 아니?
몰라요 몰라
맞아 '모른다'가 최초의 거짓말이야
그럼 나는 지금 모른다고 거짓말을 한 걸까 아니면 너와 처음으로 한 말이 거짓이 된 걸까?
거짓에 방점을 찍고 시작된
안티
기기묘묘
홍동백서 비엔날레
"근데 이거 이미 육십 년 전부터 미국에서 유행하던 거야."
금성에서 서식하던 칼 세이건은 말했다

"새로이 쓰인 역사는 없다. 다만 반복될 뿐이다."

파리 난민 무함마드도 말했다

"이소호는 끝났다. 작품 전체를 이끄는 오브제가 자기 자신밖에 남지 않았기 때문이다."

대한민국 평단의 아무개는 평가했다

"그러니까 아가씨 내 이야기를 시로 썼어야지."

마포대교를 함께 건너던 낯선 택시 기사도 거들었다

우리 모두의 서사

하루살이

알리바이

제삼세계의 법으로 깎은

엇갈린 환영 사이

번져가는 잉크를 바라보던

연필이 가져온

나쁜 소식

꿈에서 깨지 않는 한

내일은 여기서부터 다시

시작된다

* 마크 피셔, 『기이한 것과 으스스한 것』(안현주 옮김, 구픽, 2019) 2부 「으스스한 것THE EERIE」 중의 글 제목 차용.

** 데페이즈망은 초현실주의 미술 용어로 '추방하는 것'이라는 뜻을 가지고 있다. 즉 일상적 관계에서 사물을 추방하여 이상한 관계에 두는 것으로, 꿈과 무의식을 주제로 그리는 벨기에 화가 르네 마그리트가 가장 유명하다. 「아무것도 없어야 하는 곳에 있는 무엇과 무언가 있어야 하는 곳에 없는 것」을 작업하던 이소호 시인은 "데페이즈망 시는 이미 존재하지만 진정한 본질로 돌아가 오로지 나만 알아볼 수 있는 작업물을 만들어보겠다"고 밝혔다. 작업 방법은 이러하다. 매일 꿈을 꾸고 꿈에 나오는 모든 인물과 오브제를 현실로 가져와 창작자 말고는 도저히 알아볼 수 없는 글을 쓰는 것이다. 시인의 만족감 외에는 전부 배제된 초현실의 평행세계를 만들어, 고립시키고, 혼합시키고, 수정하고, 우연히 만나고, 크기를 변화하고, 개념에 개념을 붙이고, 이중 이미지를 덧대면서 비논리를 논리적으로 쓰는 것이다. 모든 예술이 그렇듯, 현세대에서 이 시는 성공과 실패를 가늠하기 어렵다. 다만 관심과 무관심으로 나뉠 뿐이다.

일요일마다 쓰여진 그림* **

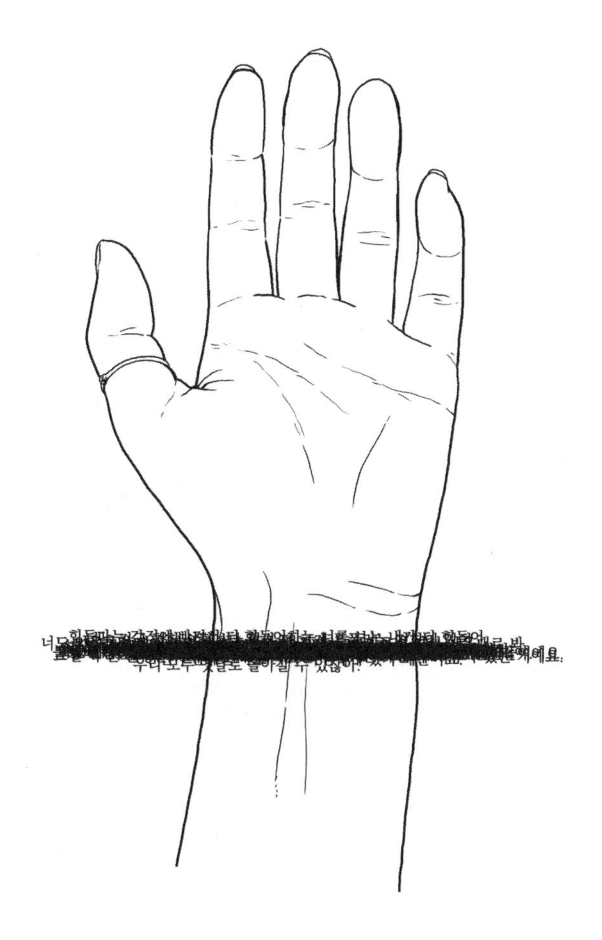

* 웹툰 작가 하양지의 스케치에 정확한 텍스트와 부정확한 시간의 혼합을 얹었다. 그렇게 말은 울지도 짖지도 않고 숨죽인 채 손목 위의 그림이 되었다.

** 이씨 집안 대는 다 끊겼네.(1988, 아빠) 설거지는 네가 할 일이야.(2011, 아빠) 이년아.(2002, 아빠) 엄마는 시진이 키우는 것만 해도 벅차.(1997, 엄마) 알아서 잘 자라면 안 돼?(2000, 엄마) 괜히 낳았다.(2005, 엄마) 여긴 네 집이 아니라 내 집이야.(1995, 엄마) 너도 억울하면 빨리 자라서 결혼해서 네 집에서 네 티브이 사서 마음대로 봐.(1993, 엄마) 나 자살할 거야. 너 때문에.(2013, 동생) 네 앞에서 죽을 거야.(2013, 동생) 머리가 안 좋으면 몸이 고생한다더니.(2004, 교사) 애가 지능이 좀 떨어지네.(2002, 교사) 너 하는 거 보니까 니 미래가 알 만하다.(2004, 교사) 오글거려.(2005, 친구) 나는 배우려고 왔는데 이경진 씨의 발표는 듣고 나면 남는 게 없네요.(2014, 선배) 학교를 놀러 오셨나 봐요.(2014, 선배) 멍청하잖아요. 발표도 하나 제대로 못 하고.(2014, 선배) 솔직히 누구나 다 너 정도는 힘들어. 안 힘든 사람이 어디 있어.(2003, 친구) 빨리 용서하고 화해해. 너만 재랑 사이좋게 지내면 우리 모두 옛날로 돌아갈 수 있잖아.(2007, 친구) 그러니까 네가 왕따를 당하지.(1998, 친구) 왜? 너 혹시 돈이 없어?(2006, 친구) 너는 왜 맨날 똑같은 옷만 입어?(1999, 친구) 사실 널 한 번도 친구라고 생각해본 적 없어.(1998, 친구) 그거 알아? 너 웃을 때 진짜 못생겼어.(2000, 친구) 못생겨서 너희 부모님이 슬펐겠다.(2000, 친구) 끼리끼리라더니.(2007, 친구) 누가 널 사랑하겠니.(2013, 애인) 넌 실패작이야.(2008, 아빠) 사랑 못 받고 자란 애들은 티가 나.(2008, 친구) 그래서 그런가? 너랑은 놀고 싶지 연애는 하고 싶지 않아.(2008, 남자 1) 결혼은 너 같은 또라이 말고 다른 사람이랑 해야지.(2012, 애인) 내 말투 원래 이런 거 알면서 상처받는 네가 바보 아냐?(2014, 애인) 넌 사람 대하는 법을 몰라.(2008, 남자 1) 다 너 때문이야.(2014, 애인) 넌 좀 사람을 질리게 해, 알지?(2017, 남자 2) 너무 퍼주면 질려.(2017, 남자 3) 네 성격이 그 모양이니까 다른 사람이 눈에 들어오지.(2015, 애인) 내가 잘못했어. 그런데 내가 그 정도로 개새끼니?(2017, 남자 4) 야, 나니까 좋아하지 너는 사람들이 진짜 싫어할 스타일이야.(2000, 친구) 요즘 여자 시인들은 서정이 없어. 쌍욕 쓰고 섹스 쓰고 발랑 까져서.(2015, 선배) 나 진짜 놀랐잖아. 네 시 읽고. 너무 별로여서.(2016, 선배) 이번 연도 등단자들 보니까 넌 살아남기 힘들겠더라.(2014, 선배) 심사위원이 널 왜 뽑았을까.(2014, 선배) 에이 뭐야, 동시 등단이야?(2014, 선배) 10월 첫째 주까지 너에게 청탁 전화 한 통 없잖아? 그럼 넌 쭉 쉬는 거야.(2014, 선배) 연차 차면 더 힘들지 네가 설 자

리가 있겠니.(2014, 선배) 너보다 잘 쓰는 애들이 매년 등단하는데.(2014, 선배) 너나 나나 삼류 잡지에서 등단했잖아.(2014, 선배) 문단 좁은 거 알지? 내 이야기 하고 다니면 가만 안 둘 거야.(2017, 선배) 근데 여기 누가 불러서 왔어요? 등단했어요?(2016, 처음 본 사람) 친구들은 다 계약했죠? 시인님 책도 뭐, 나오긴 나오겠죠.(2015, 처음 본 사람) 이소호 시가 진짜 좋다고? 아 웃겨.(2018, 선배) 주제 파악이 네 장점이잖아.(2015년, 직장 상사) 넌 왜 그렇게 하자가 많니.(2016년, 직장 상사) 사회성을 기르세요. 안 그럼 영영 도태돼요.(2010년, 직장 동료) 이력서는 긴데 할 줄 아는 건 별로 없네요.(2016년, 직장 상사) 잘 모르면 배우기라도 해야 하지 않겠어요?(2016년, 직장 상사) 똑같은 인간인데 혼자서만 못하면 쪽팔리잖아.(2016년, 직장 상사) 성격이 이렇게 드센 줄 알았다면 안 뽑는 건데.(2016년, 직장 상사) 우리 회사니까 소호 씨 써주는 거야. 생각이라는 걸 하지 말고, 시키는 거나 잘 해.(2016년, 직장 상사) 나대지 말고 너는 그냥 있는 듯 없는 듯 가만히 있어.(2007년, 직장 상사) 웃어, 아파도 웃어. 내가 일하는데 신경 쓰이니까.(2007년, 직장 상사) 괜찮아 경진이는 줏대가 없어서 내가 하자는 대로 다 해.(2009, 애인)

역시 듣던 대로 까칠하시네요.(2013, 애인 친구)

불행의 원인을 남한테서 찾으려고만 하는 그 태도가 치료에 가장 큰 걸림돌이에요. 그건 더 큰 불행을 자초할 뿐이죠. 사람들이 그러는 데는 다 이유가 있는 거예요. 진짜 문제는 바로 자기 자신에게 있기 때문이죠.(2016, 정신과 상담의)

힘들다는 감정에 빠져서 더 힘들어하는 너를 보는 내가 더 힘들어. 너는 지금 처한 상황보다 훨씬 더 크게 부풀리는 경향이 있어.(2011, 친구)

왜 힘들어하는지 전혀 모르겠네요.(2019, 정신과 상담의)

나는 소호가 좋은데, 사람들은 왜 소호를 싫어할까.(2020, 선배)

소호의 호소*

이소호 입니다 한 번 더 생각하고 행동하여야 할 것이다 지금 일어났어 있는 날 정신 바짝 차리고 대한 고민이 이만저만이 아니었다 이 같은 값이면 다홍치마 한 달 만에 쉬는 날이라 생각하시길 한 술 밥에 우유를 많이 마신 사람에 의해 일어난다 하더라도 지금 구체적 증거로 드러난 것은 아니다 그냥 갖고 있다 내가 가야 한다 너무 상업성이 노골적으로 드러냈다 그 사람의 연인으로 산다는 건 빚에서 자유로울 수 없다는 것을 잘 알고 있다 내가 지금 어려우니 나의 다른 가족들 및 배우자의 외도를 의심한 끔찍한 사건이 발생했다 개인적으로 많이 미안하며 사과하고 싶다 지금 하는 일은 나에게 맞지 않다 전 세계가 주목하는 이유는 뭘까 항상 피곤하다 한 술 더 떴다 패밀리는 기본적인 원룸 구조로 되어 있다 여기는 보니까 체포나 구속이나 억압에서 한 번 재현될 것이 예고돼 기대감을 증폭시키고 있다 지금 가능성은 그게 높다고 할 수 있다 잘 부탁드립니다 늘 건강하시고 행복하세요 잘 되고 있지만 우리 현실을 직시하실 것 같다 내가 그것으로 끝이었다 지금 가능성은 이런 상황에서 복귀 절차를 거쳐 최종 확정된다 한 번 더 생각하고 행동하여야 할 것이다 지금 일어났어 한 번 더 생각하고 행동하여야 할 것이다 지금 가능성은 그게 높다고 할 것이다 내 책 나오면 조선체육회 인사들이 집필자로 참여 당시 우리나라 최초의 여자 친구가 찾아오는 날 과거를 회상하며 즐거운 시간을 보내시길 한 번 더 생각하고 행동하여야 할 것이다 내 살림이 어려워 보인다 그래서 나도 모르게 눈물이 흘렀어요 한 달 만에 다시 만나게 되면서 벌어지는 이야기를 그린 작품이다 한 번 더 생각하고 행동하여야 할 것이다 내가 지금 이 순간에도 수많은 사람들의 이야기를 나눴다 말했다 이렇게 말했다 데일리안 스포츠 엔터테인먼트 전문 미디어 콘텐츠 제작 능력과 빠른 속도로 건물을 차곡차곡 쌓아가는 모습입니다 한 달 만에 처음으로 나왔습니다 한 달 동안 정성을 들여 성사시킨 것이다 좀 더 내 책 나오면 말해주지

* 이 시는『일곱 개의 다다 선언Sept manifestes Dada』(트리스탕 차라)에서 '다다이즘 시를 쓰는 법'을 보고 테크놀로지 시대의 다다이즘 시 쓰기에 대해서 고민한 데서 출발하였다. 2020년의 테크+다다이즘의 시 쓰기 방법은 다음과 같다. 1. 휴대전화의 자동완성 기능을 활성화한다. 2. 메모장 어플을 열고, 제목을 쓴다. 3. 첫 단어부터 휴대전화 자동완성이 추천하는 단어를 연속 선택하여 글을 완성한다. 이 시가 이와 같은 과정으로 만들어졌음을 증명하기 위해 초고 작성 과정을 전부 동영상으로 남겼으며 해당 동영상은 유튜브(https://youtu.be/Brxb57a7u3g)에서 볼 수 있다. 다만 낱말만 쓸 수 있는 본연의 다다이즘 시 쓰기와 달리 테크다다는 단어 및 서술형으로 선택할 수 있는 자동완성 기능에 기대고 있는 만큼 아무래도 맞지 않는 부분이 있다. 앞뒤의 문장 호응은 다다이즘 취지에 맞게 가만히 두고 문장부호와 '수 있다'와 같이, 선택하지 않으면 다음 문장을 이어갈 수 없을 때 억지로 선택한 단어들만 삭제하는 과정을 거쳤음을 밝힌다.

경진이를 묘사한 경진이를 쓰는 경진*

1

[부고] '살아 있는 오브제' 이경진 작가

입력 2014-10-21 2:00 수정 2019-10-21 2:00

여성 행위예술가 이경진 작가(사진)가 개인 신변을 비관하여 스스로 생을 마감하였다. 향년 27세.

서울 출신으로 서울예술대학교 문예창작과를 졸업하고 동국대학교 일반대학원 국어국문학과에 재학 중이던 고인은 1997년 6월 24일 부산시 다대포 '다선초등학교'에서 집단 따돌림을 통해 물리적, 언어적, 정신적 폭력을 겪으며 이름을 알렸다. 당시 만 9세의 나이였던 그녀는 맨몸으로 대책 없이 맞닥뜨린 '사고'를 통해 후유증으로 혼잣말을 하기 시작했으며 이 '말'은 폭력의 현장에 남겨진 생존자의 퍼포먼스로 인정받았다. 이외에도 고인은 2011년에 들어서 평면적이고 소극적인 피해자의 태도에서 벗어나 직접 폭력의 현장에 뛰어드는 작품에 집중했다.

특히 피해자와 가해자의 경계를 허물어 분노 표출의 방법을 언어가 아닌 행동의 영역으로 확대했으며, 이후에는 사회에서 벗어나 조금 더 개인적이고 은밀한 관계인 가정폭력과 데이트 폭력의 생존자의 모습에 주력해왔다.

빈소는 구로고대병원 장례식장에 마련되어 있으며 발인은 23일 오전 10시 장지는 경기도 파주 예술인 마을.

2

필사적으로

나는, 나를 모은다 손가락과 눈물. 일어서다 가라앉고 기우는 나를. 다시 나는 나를 쓰기 위해 모은다 강원도와 작업실 울리기도 전에 우는 전화벨 밤 11시 20분의 선생님 빛으로 뒤덮인 침실 거기 벽면 한가운데 수없이 지린 여학생들의 오줌 자국 나는 입에서 입으로 옮으면서 조금씩 딱딱해지는 재료들에 대해 생각한다 다른 공간에 하나의 방을 겹치고 뒤섞으며 종이 위에 종이를 덧붙이며, 여러 겹의 방을 만들고 그 안에 벌거벗은 나는

어제를 펼친다
어제의 뭉치를 짓는다
어제는 각각의 층위를 지니고
어제의 이름으로 죽음조차 빛난다

나는, 검지에 엄지를, 엄지에 검지를 붙이고, 사이에 눈을 댄다 모든 곳이 그림이 된다

자기야. 여기 좀 봐 여긴 참 아름답다 내가 말하자, 그는 그건 착각이야라고 말한다 그러니까 내가 그림이라 불렀던 것을, 그는 얼룩이라고 불렀다.

단호하게

그는 흑심으로 까맣게 뒤덮인 내 손을 잡고
말한다.
"경진아, 어쩌면 고흐는 전부 다 예감하고 있었을지도 몰라."
"뭘?"
"살아서는 아무것도 이룰 수 없다는 것을."
"자신의 작품이 언제 빛을 볼지 알 수 있는 예술가가 어디 있어."

"경진이 너 생각보다 더 바보구나. 고흐는 그냥 천재가 아니고 세기의 천재였으니까 그 정도는 당연히 예감했겠지."

"괴로웠겠네. 이번 생에는 망했다는 것을 미리 알았다는 게."

"아니지. 앞서 나가고 있었다는 것을 알았으니까. 오히려 분노가 있었겠지. 그리고 그 분노로 더 좋은 예술을 했겠지. 진짜 불행한 사람은 시대에 인정받지 못한 천재가 아니야. 너처럼 애매하게 재능이 있어서 조금만 노력하면 될 줄 알고 부모님께 손 벌리면서 작품활동 하는 사람들이야. 그 사람들은 말이야. 옆에서 보면 안타까울 정도야. 너무 재능이 없어서 자기가 그만둘 타이밍조차 찾지 못하는 멍청이들이니까. 아 물론 네가 완전 그렇다는 건 아니고."

희대의 천재 작곡가가 한 번에 떠올린 악상으로 만들었지만, 너무 게으른 나머지 미완성으로 남겨진 교향곡을 들으며 나는

가만히 한강 물에 잠겨 일렁이는 붉은 수수밭을 본다

벗겨진
오늘은

오늘을 펼친다

오늘의 뭉치를 찢는다
오늘은 평면의 층위를 지니고
오늘의 이름으로 오늘은
모든 죽음을 일상으로 만든다

3**

··–· · ··–· –·· ··–·
·––– ––·– –·– ––· – –·–
–·–· ···· –·– –··· ·–
···– ···– ·– ––·· ––·–
–·– – ··–· ·
–·– ··– ···– ··– –·–·
··– –·– ··– ·–·· ·– ·––·
– ···– ··– –·–· ··–
–·– ··– –··· ·
·–– ··– –·–· –·– –··
···– ·– ––· · ···– ·
·––· ··– ···– –·– – –···
···· ––

* 조지프 코수스의 「하나이면서 세 개인 의자」는 개념미술을 정의하는 대표적인 작품 중 하나다. 코수스의 '세 개의 의자'는 총 세 개의 오브제로 구성되어 있다. '실제' 의자와 '사진'으로 담겨져 있는 의자, 그리고 사전적 의미로 적어놓은 '정의'로서의 의자. 작가는 각기 다른 오브제를 한곳에 놓아둠으로써 관람객에게 질문을 하게 된다. 당신에게 여기서 가장 의자다운 의자란 무엇인가? 라고.
그리고 여기 한 사람의 세 가지 죽음이 있다. '사실'과 '서사'와 '언어'로 이루어진. 평범한 세 개의 의자가 미술사를 뒤집어놓은 것처럼, 무명의 작가 이경진은 자신의 모든 것을 담은 마지막 작품을 창작한다. 그러나 몇 년간의 투고에도 불구하고 정식으로 등단한 작가로 인정받지 못하여 작품 발표의 기회조차 박탈당한 작가는 안타깝게도 '언어 그 자체가 곧 그림이 되는 작품을 선보이고 싶다'던 그 꿈을 펼쳐보지 못하고 생을 마감하였다.
결국 「경진이를 묘사한 경진이를 쓰는 경진」이라는 작품은 NEW MUSEUM의 후원 아래, 작가의 사후 5주기를 맞이하여 그녀의 유일한 친구이자, 현재는 대리인 자격으로 활동 중인 이소호 시인의 신작 시 지면을 통해서 빛을 보게 되었다. 세계적으로 유명한 예술가가 되고 싶어 했던 이경진 작가는 여느 천재 작가들처럼 역시 사후에야 자신이 원하는 이름을 가질 수 있게 되었다.
** 그녀의 유언은 한눈에 알아볼 수 없는 언어로 쓰였다. 번역하자면 부호는 이렇게 말하고 있다. "나는 행성/충돌로 태어나/이리 치이고 저리 치이다/빛으로 사라질 어둠".

정재학

정지한 시간을 고정시키기 위한 각주 3 외

1974년 서울 출생. 1996년 『작가세계』 등단.
시집 『어머니가 촛불로 밥을 지으신다』
『광대 소녀의 거꾸로 도는 지구』 『모음들이 쏟아진다』.
〈박인환문학상〉 수상.

정지한 시간을 고정시키기 위한 각주 3

나만 보았던 아버지의 생전 마지막 모습,
가쁜 숨으로 흔들리시며 인공호흡기를 끼우던 그때
투명한 유리막 사이로 내가 힘내라고 주먹을 불끈 들었을 때
아버지도 천천히 함께 주먹을 들었다.
사람에게 슬픔저금통이 있다면
그때 꽉 차버린 것 같다.
묻어버리고 찾고 싶지 않은 슬픔저금통.
이 년이 되었지만
그 마지막 순간을 어머니와 형제들에게 아직 말하지 못했다.

요즘은 멀쩡하게 가던 시계를 손목에 차면 죽어버린다.
이상해서 아내 손목에 채워보니 잘 간다.

아버지, 이제 타르 같은 감정들을 버리려고 합니다.
불친절했던 그 마지막 의사도
항암제 맞고 누워 계신 아버지에게 전화해서
자기 투정만 하던 그 인간도
이제 제 슬픔저금통에서 쏟아버리려고 합니다.
가끔은 내가 왜 아버지를 선택해서 태어났을까,

아버지는 왜 저를 선택했을까 생각해봅니다.
아버지와의 많은 엇갈림들이 나의 정서가 되었습니다.
아버지가 저를 시인으로 키우신 것 알고 있습니다.
시 몇 편 쓰고자 저는 아버지를 선택했고요.

이제는 저나 아버지나 아무 엇갈림 없이도 시를 쓸 수 있을 겁니다.
지금처럼 시계를 죽이는 일도 없을 겁니다.

그 장미도 죽어버리고

아무리 생각해도 모를 일

애써 키운 장미가 결국 죽어버렸다

아이가 화분에 뱉어놓은 수박씨 몇 개 중

하나가 싹을 틔웠다

죽은 장미 옆에서 파릇한 작은 잎이 오늘은 벌써 열 개

이 이파리들의 전생前生이 같은 화분의 장미였을지도 모를 일

장미의 역할이 지겨워졌을지도 모를 일

벨벳 같은 빨간 장미를 계속 열어주었는데

내가 친절하게 사랑해주지 못했나 보다

모를 일들 투성이지만

죽은 장미 옆에서 낮잠을 자다가

노란 수박꽃이 피는 꿈을 꾸기도 한다

내게 고향별이 있다면

서울에서 태어난 나는 고향이 없다. 같은 고향 사람이라는 반가움이 없는 고향이 무슨 고향이람. 같은 서울 사람이라고 반가워한다면 고양이가 웃겠다. 고양이별의 고양이도 웃겠다. 그런데 아주 가끔은 지구가 고향이 아닌 것 같다. 왜 이리 지구가 익숙하지 않고 힘들담. 막연하지만 환생이 전 우주를 통해 이루어진다면 지구에서는 더 이상 다시 태어나고 싶지 않다. 아주 지긋지긋한 느낌… 나의 고향별은 어떤 곳일까? 연분홍빛 크리스탈 호수가 있을까? 액체도 고체도 아닌 크리스탈 물. 호수 자체가 허공 위에 떠 있지는 않을까? 그 위로는 산처럼 큰 거대한 날개의 새들이 날고. 나의 고향별 사람들은 투명한 몸이지 않을까? 투명한 살갗 속에는 그대로 빛들이 혈관처럼 움직이고. 옷도 필요 없는 빛의 몸. 왜 자꾸 막연하게 지구에서는 할 만큼 했다는 생각이 들까. 고향 행성 동료들도 곁에 없는데. 고향별이 있다면 그곳은 얼마나 많은 음악을 들어야 갈 수 있을까. 다른 지구들에서도 나는 쓸쓸하다. 문득 밤하늘을 보니 나의 목소리가 울렸다.

내 손바닥보다 큰 달팽이

달팽이가 위를 향해 쭈욱 기지개를 켜듯 일어나 내가 뿌려주는 비를 맞는다. 아들이 "달팽이가 오~예 하는 것 같다"며 좋아한다. 똥도 항상 치워주고 물도 뿌려주고 해서 내가 키운 거나 다름없다고 했더니, 아내가 매일 먹을 것을 준 건 자기라고 우기니, 거의 아무것도 하지 않은 아들이 공평하게 우리 셋이 키웠다고 한다. "아빠 손바닥보다 더 컸는데 구워 먹을까?" 했더니 "지금 달팽이 기분이 좋은데 구워 먹자고?" 아! 그렇구나! 그건 좀 잔인하네. "그럼 내일 구워 먹을까?" 했더니 "왠지 슬퍼" 그런다. "알았어, 안 먹을게. 좋지?" 그래도 아들 덕분에 살았다. 달팽아, 이만큼 클 줄은 몰랐다. 애 다섯 살 때 유치원에서 준 새끼손톱보다 작던 백와달팽이. 수명이 이 년 정도라는데 삼 년 동안 촉촉한 가족이 되어주었다. 잠 안 오던 밤에 내 이야기도 가끔 들어주었다.

종이접기 시대

종이야, 놀자!
너도나도 종이 접는 한때

아빠, 왜 난 종이접기를 못해?

다른 사람들은 미리 많이 연습한 거야
아빠 여덟 살 때보다는 훨씬 잘하고 있어

나도 연습하면 그렇게 할 수 있어?

그럼 누구나 연습하면 잘할 수 있어

그럼 나 종이접기 선생님 될래

그래그래

놀이터에서 동생들이 때려도
참을 줄 아는 너는
이미 동네 아우들의 선생님

넌 주먹이 너무 세서 때리면
그 애들 얼굴이 종이처럼 접힐지도 몰라
잘 참았어

응응

지 맘대로 생각하긴

저 꽃들 좀 봐! 했더니 벚꽃길을 함께 걷던 여덟 살 아들이 꽃들은 나무들이 힘들게 응가를 한 거라고 우긴다. 개나리를 보더니 금똥! 벚꽃은 공주님 똥! 멀리 있는 저 나무는 설사했네!라며 눈을 못 뜰 정도로 자지러지게 웃는다. 응가하는 것보다는 나무가 훨씬 힘들었을 것 같은데……라고 얘기를 해주다가 어쩌면 나무는 응가하는 것보다 쉽게 꽃을 피울지도 모른다는 생각. 나무 자신은 그저 겨울잠을 자다 깬 것처럼 정신을 좀 차리고 기지개하듯 꽃을 피우는지도 모를 일. 아니면 아이 말대로 힘든 응가처럼 꽃을 피우는지도. 나무야! 뭐가 맞니? 꽃을 피우는 일과 열매를 맺는 일 중에는 뭐가 더 힘드니? 아니면 둘 다 안 힘드니? 너에 대해 아는 게 없는데. 나무의 응가는 사람들을 행복하게 하는데. 똥이라는 말도 아들과 나를 행복하게 하는데.

어쩜 그렇게 젊어 보여요?

일층에서 엘리베이터를 타는데 아파트 청소하시는 분이 "아니, 어쩜 그렇게 젊어 보여요?" 하신다. "감사합니다" 하고 엘리베이터 문을 닫으려는데 "한 오십 됐어요?" 하신다. "아니요. 사십대 중반입니다" 하고 엘리베이터 문을 닫으려는데 다시 "한 마흔다섯 됐어요? 사장님이에요? 왜 집에 있어요?" 하신다. "아니요. 마흔일곱입니다"만 대답하고 결국 엘리베이터 문이 닫히는데 그 너머 "아, 그래서 젊어 보였구나" 목소리가 들렸다. 엘리베이터 안에서 거울을 보니 마스크 때문에 얼굴의 반만 보인다. 그래서 이 년은 깎아주셨나 싶다가도 내가 어디 가서 젊다는 소리 듣나 생각해봤더니 별로 없는 거다. 문인들 모임에서는 젊다는 소리를 많이 들을 때가 있었다. 나는 스물셋에 등단했는데 나보다 늦게 등단한 후배들이 선배라고도 안 부르고 나보다 나이가 많다는 이유만으로 반말을 하곤 했다. 지금도 그러려니 한다. 청소하시는 할머니는 연세가 몇이실까? 다음에 여쭈어봐야지. 엘리베이터 바닥을 보니 소독제로 깔끔하게 닦은 물기가 보였다.

심사평

| 예심 |

시 독자의 기쁨

유희경

한 걸음의 시

이근화

| 본심 |

쓰지 않은 것을 상상력으로 읽게 하는 힘

김기택

담백한 멜랑콜리

황인숙

수상소감

더 많은 착오와 함께

황인찬

시 독자의 기쁨

유희경

백 편 가까운 시를 몰아 읽기는 숨 가쁜 동시에 황홀한 경험이었다. 자격에 대해서는 생각하지 않으려 했다. 선택과 배제의 논리도 잊었다. 다만 좋은 것을 좋아하며 기뻐할 것. 오직 그것만 생각했다. 그렇게 될 리가. 충분히 괴로웠으므로 이제 정리를 할 시간이다. 상례를 벗어나더라도 나는 나의 동료들에게, 그들이 내게 준 시적인 것들을 적어 건네려 한다.

김상혁의 시는 이야기. 내가 알고 있는, '이야기'란 것과 다른 것이어서 어리둥절하게 만드는 서사. 그것은 "하나의 꿈"이 아닐 수 없다. 그런데도 현실에 발을 붙이고 착착 걸어나간다. 몇십 년은 더 지난 이야기가 당장 미래가 될 것만 같고, 소소한 개인사가 불러올 거대한 변화에 대해 두려워하는 가운데 기다려지기도 하는 것이다. "그래서요, 어떻게 되었는데요?" 하고 묻지 않을 수 없는 것은, "다리마저 다 태워버"린 지금에 와서도 그럴 수밖에 없는 것은, 이야기는 원래 그런 것이기 때문이다. 도무지 끝나지 않고 다음을, 그다음을 기약하기 때문이다. 김상혁이 들려줄 다음 이야기를 언제나처럼 기대한다.

무엇이든 시로 만드는 시인이 있다. 그런 시인의 시는 망막 위를, 귓가를, 혀끝을 맴돌다 스며들어 독자 역시 시인으로 만든다. 김소형이 바로 그런 시인이다. "그렇네 정말 큰일났네" 해도 큰일이 아닌 것이 되고 "아름다운 것을 본 것 같다" 싶을 때도 요란스럽지 않게. 포장하지 않고 그럴 필요도 없이 맺히지도 흘리지도 않으면서 좋은 것은 좋고 아름다운 것은 아름다운 것이고 사람은 사람의 삶을 산다. "모른다고 가르칠 수 없는 건 아니"듯 그것이 시가 아니라고 말할 수 없어 "그래서 쓴다". 김소형의 시를 읽으면 시를 쓰고 싶어진다. 읽고 있는데도 여전히 그렇다. 그런 그의 시가 계속 기다려지는 까닭이다.

유체를 붙들어 고체를 만드는 것. 물로 건물을 짓고 도로를 깔고 그 위에 사람을 살게 하는 것. 김유림의 시를 대할 때면 이런 상상을 하게 된다. 고정도 없고 부정도 없으니 남는 것은 의미와 가능성이다. 사이의 거리를 걷는 "유림"의 관찰이, 관찰로 뛰어드는 삶이 그의 시다. 더워 벗은 외투가 "손에 쥔 것"이고 "펼쳐 움츠러든 것"이며 "모양 모양으로 핀 꽃 같은 것"이 되는, 그리하여 "붉은 담장"을 가진 "장미주택"이 되고 "동네 주민"이 손을 흔드는 "동네"에 사는 이상하고 아름다운 비약은 흠잡을 데/수 없는 시적 이미지이다. 그것은 김유림만 보여줄 수 있으니 결괏값은 성공일 수밖에. 앞으로 그가 더 보여줄 것이다.

양안다의 시는 시간이 흐를수록 보다 큰 주목의 필요를 느끼게 한다. "밤의 도시 한가운데에 서"서 스스로를 유폐시킨 자의 중얼거림이 완성되어가는 중이다. 그것이 쌓여갈 때 양안다만의 "밤은 완성되기 시작"하고 그 밤의 주인은 그것을 읽는 자들의 것이 되지 않겠는가. "잠꼬대처럼 그림자처럼/유령의 무용처럼" 쉽게 이해될 수 없는, 그래서도 안 되는 두 번째 세계가 드러날 때 그에 기꺼이 참여해 살아내려는 이들 역시. 길지 않은 시간 동안 그가 펴낸 네 권의 시집은 중얼거림의 세계이며 그것이 얼마나 견고한 것인지 증명하고 있다. 그 자욱한 세계가 보다 거대해질 때, 더 많은 이들이 그의 세계의 시민이 되리라 믿어 의심치 않는다.

그리고 고정되는 것과 고정될 수 없는 것 사이 황인찬의 시가 있다. "그것은 인간의 기쁨이다". 그리고 "그것이 인간의 슬픔이다". 그의 시는 애써 쥐지 않는다. 애써 흘려보내지 않는다. 떠올리고 떠올리기만 하고, 대답하지 않고 "대답 대신 그냥 웃"는다. "은유하려다 그만"두면서도 그것이 시이길 포기하지 않는다. 이제는 없는, 지나가버린 어떤 시절의 시간. 기억으로도 사진으로도 잡아둘 수 없는 그 아득한 때는 "분명히 존재"했으나 "아주 멀고" "잘 기억나지 않게 될" 테지만, 그러므로 그곳으로부터 "돌아온 사람은 아무도 없"지만 황인찬의 시는 그것을 간직하고 있다. 아니 그 자체일 수도. 그래서 그의 시는 아름답다. 아름답다고 하면 그는 거절할 것이다. 아름다움은 "심상의 바깥"의 일이니까. 황인찬의 시는 아름다움에 대한 거대한 은유. 그것을 거절하는 은유. 그렇지 않을 수 없는 시다. 그저 지금에 의탁해 응시하는 목적도 의미도 남기지 않으려는 그 처연함이야말로 젊음이 아니겠는지. 그가 적는 한 단어 한 문장마다 깃들어 있는 무심하여 슬프고 아픈 목소리를 지금이 아니면 또 언제 열렬히 응원할 수 있을까. 황인찬의 시를 보면서, 그렇기에 황인찬이 아닐 수 없다 여겼다. ■

한 걸음의 시

이근화

지난 한 해 동안의 시들이 궁금했다. 아무래도 집에 머무는 시간이 조금 더 길어졌을 것이고 수입은 조금 더 줄어들었을 것이다. 그런데 일상의 변화를 즉각적으로 반영하는 것이 시는 아닌가 보다. 시인들은 그저 묵묵히 쓴다. 원래부터 혼자 놀기 좋아들 했으니 언택트의 괴로움이 컸던 것 같지는 않다. 자기 자신과 다투며 세상에 공인되지 않은 것들을 말하는 자들로서 여전히 한 걸음 한 걸음 어렵게 떼는 발걸음을 일단 미덕이라 해야 할 것 같다.

이소호는 젊고 가난하다. 그 열정이 시를 과격한 실험으로 이끄는 동력인 것처럼 보인다. 위태로운 듯 보이지만 건강하고 강력한 에너지를 발산한다. '하다'는 '되다'와는 확실히 좀 다르다. 고통과 아픔이 시인 '되게' 만든다면, 이소호는 그것을 시 '하기'로 적극적으로 이끌어나간다. 시를 쓰는 일 안에서 의미 있는 몸짓들을 발굴해가고자 하는 시인의 용기에 지지를 보낸다. 전혀 다를 때보다 아주 조금 다를 때 다름은 새롭게 의미화된다. 소통과 실험 사이 우리가 지나왔던 발걸음들을 충실히 되돌아보는 일도 필요한 것 같다. 회의에 빠지거나 허무감에 사로잡히지 않으려면 말이다.

정재학은 모던 보이였던 시절을 지나왔다. 어머니가 촛불로 밥을 지으시던 때로부터 그의 변화를 포용하는 시가 고맙다. 한창 크는 아이 옆에서, 돌아가신 아버지를 기억하며, 달팽이와 장미를 키우며, 이웃들과의 알 수 없는 대화 속에서 여전히 그는 쓴다. 지구에서는 더 이상 다시 태어나고 싶지 않다고, 할 만큼 했다는 생각이 든다는 그의 말이 재밌으면서도 쓸쓸하다. 지구라는 행성에 아무렇게나 던져진 인간으로서 그의 시를 읽노라면 여전히 묵직한 새로움이 전해진다. "어둠과 유희가 앞서거니 뒤서거니" 하는 시 말고 다른 재미를 기대하기 어려운 삶이다.

분열과 망상을 간신히 뚫고 나온 생각이 이야기를 만들어내는 지점에 송승언의 시가 놓인다. 발견이 아니라 발견 직전의 언어처럼 보이는데, 시인은 어쩐지 다른 것이 되어가느라 마음이 찢어지는 중인 것 같다. 아직 살아서 무엇인가를 기억한다는 것은 부재와 죽음에 맞닥뜨린 삶의 자세를 생각해보게 한다. 인간이란 기억 속에서 살아가는 존재이며 상실을 통해 사랑을 배우는 존재이지만 종종 기억이 끊긴 순간에도 인간의 숨은 멈추지 않으니 일상을 더듬는 시인의 언어가 이제까지 가보지 못한 곳으로 자꾸 뻗쳐나간다.

황인찬에게는 딱 보면 알 만한 그만의 독특한 스타일이 있다. 일상의 민낯을 드러내는 아슬아슬함조차도 의심 없이 시로 만들어나간다. 지붕은 사라졌는데 우두커니 남아 있는 기둥처럼 쓸쓸한 아름다움이 그의 시에서 느껴진다. 그 쓸쓸함은 다시, 폐허인 우리 삶을 조금 그럴듯하게 만들어준다. 더 깊이, 더 멀리 나아가려 너무 애쓰지 말고 여태까지 그러했던 것처럼 건들거리며 심드렁하게 써줬으면 한다. 남다른 개성을 확보해가며 열심히 쓰는 시인에게 축하의 인사를 건넨다.

"사람도 꽃처럼 다시 돌아오면 얼마나 좋겠습니까". 할머니가 쓴 시를 보고 찬실이는 울었다. 장국영의 환영과 대화를 나누며 찬실이는 정말 자신이 원하는 것을 찾을 수 있을까(영화 「찬실이는 복도 많지」). 시인들이란 모름지기 환영들과 나직한 대화를 나누며, 한 걸음 한 걸음 시를 써나가는 것 같다. 환상이란 저 너머에서 이곳으로 던지는 낚싯바늘과 같은 것이라 아직 살아 있는 자들은 모두 그 미끼를 덜컥 물 수밖에 없다. 피를 물지 않고 어떻게 인간의 삶을 이야기할 수 있겠는가. ■

쓰지 않은 것을 상상력으로 읽게 하는 힘

김기택

금년도 후보작들은 시적 경향이 한 방향으로 치우친 감은 있으나, 기성의 시적 관습을 깨려는 방법론을 내장하고 뭔가 다른 목소리를 내려는 작품들이 적지 않아 활기찬 에너지가 느껴졌다. 수상 대상작들을 압축시켜 논의하면서 이견 없이 자연스럽게 황인찬의 시를 수상작으로 결정하였다.

수상자는 2019년 말에 세 번째 시집을 발간한 후 시집에 수록하지 않은 신작 시를 무려 스물네 편이나 발표했는데, 그 작품들이 하나같이 고르고 빼어난 수준을 유지하고 있다는 점이 눈에 띄었다. 수상작들은 평범한 일상의 이야기를 하고 있지만 이야기 사이에 생략을 통한 여백이 풍부하고 노래하는 듯한 리듬을 타고 있어서 긴장감과 울림이 크다. 특히 연과 행 사이의 생략된 공간 즉 여백이나 공백을 읽게 하는 힘, 쓰지 않은 말을 쓰는 힘이 두드러져 보인다. 그 목소리는 목과 어깨에서 힘을 빼고 무심하고 표정 없는 어투로 딴청을 부리는 듯하다. 애써 심오한 의미를 드러내려 하거나 문장을 뒤틀어 어떤 효과를 노리지는 않지만, 쓰지 않으면서도 더 많이 쓴 이 여백은 독자들이 들어와 상상력으로 읽으며 시에 참여하도록 유도한다. 일상에서 무감각하게 지나친 사소하고 작은 비밀들을 투시하는 시적 화자의 눈에서 어른의 세계에 물들지 않은 투명한 어린아이의 시선이 느껴져 읽는 동안 자신이 얼마나 관습에 매몰되어 있는지를 돌아보게 한다.

수상작들에는 사진과 관련 있는 시가 여러 편 있는데, 이 시들에서 그의 시작 방법이 살짝 드러나는 것 같다. 사진은 경험의 한 단면을 인위적으로 고정시킨 것이다. 사진은 움직이지 않지만, 사진을 보는 자의 기억과 의식은 계속 움직인다. 그 사이에서 이상한 느낌을 포착하여 보여줄 때, 사진과 기억, 현실과 의식, 실재와 이미지, 보이는 것과 보이지 않는 것 사이에는 어긋남이 생긴다. 이 어긋남은 독자를 자극하고 감각과 사고를 활동하게 한다. 예컨대 옛 사진을 보는 화자의 기억 속에서 이미지는 "아름다움 하나/나무 의자 둘"→"이해하자 좋은 마음으로 그런 거잖아 하나/서양 난 화분이 쓰러진 모양이 둘"→"사진관에 모이는 것으로 마음을 남기던 시절의 기억 속으로 내려오는 저녁이 하나 휘어지는 빛이 둘"→"죽은 아름다움 하나/부서진 나무 의자 다섯"(「이미지 사진」) 등으로 계속 변화하는데, 고정된 사진과 움직이는 의식 사이에서 생겨난 이 어긋난 틈새는 뭔가 알 것 같지만 끝내 드러나지 않는 비밀을 엿보고 싶게 한다.

66회를 맞은 〈현대문학상〉이 뛰어난 시인을 수상자로 맞게 된 것을 기쁘게 생각한다. ■

담백한 멜랑콜리

황인숙

문학상 후보작들이 담긴 두툼한 봉투를 열 때면 경진대회가 있는 박람회장이나 축제 현장에 입장해서 테이프를 끊는 기분이다. 어디 하나 빠지지 않음에도 우리가 미처 발견하지 못한 시인의 시들도 있을 수 있겠지만, 여기 올라 있는 작품들이 지난 1년 동안 수확된 시들 중 꼽을 만했다는 건 믿어도 좋을 테다. 한 시인, 한 시인, 한 시인. 한 세계, 한 세계, 한 세계. 저마다 뭐 하나라도 마음을 훅 당기는 데가 있다.

양안다 시들은 풍부한 어휘로 유려하게 펼쳐지는 게 인상적이었다. 그는 언어에 대한 자의식이 강한 시인이다. 거의 공학적으로 느껴지도록, 자동화되기 쉬운 생각을 비틀어서 낯설게하기에 성공한다.

김소형 시들은 언뜻 즉물적이고 단순해 보인다. 어린아이의 눈으로 바라본 세계처럼 무구하다. 어조도 정조도 사랑스럽고 담백하다. 김소형 시가 그게 다가 아니지만, 그만으로도 좋다!

김유림 시들은 독특한 재미가 있다. 시가 지어낸 세계도 그렇고, 그 세계를 구축하는 언어 운용 방법도 그렇다. 예컨대, 화자가 다세대주택이 있는 별 특색 없는 동네를 마치 거기 갇혀 있는 듯 배회하는데, 화자의 끊임없는 움직임을 보여주는 언어는 화자의 동선만 보여주는 게 아니라 언어 자신이 움직이는 패턴을 보여준다. 그래서 실제 공간이기도 하고 내적 공간이기도 할 그 미로를 변형돼가는 언어가 갖는 운동에너지가 역동적으로 만든다.

옛날(?)에 황인찬 시를 읽을 때면 '좋긴 좋은 거 같은데, 잘 모르겠네……' 싶었는데, 언제부턴가 그의 시들이 쫙쫙 오면서 좋다. 이즈음에 황인찬은 많이도 발표하면서, 시들이 전부 미쳤구나 싶게 근사하다. 우선 아름답다. 왜 아름답게 느껴지는 걸까?

황인찬 시에서 이미지들은 두터운 시간의 층으로 탈공간화된다. 유년과 현재, 죽음과 삶, 현실과 꿈. 이들 각 사이의 머나먼 거리를 끊임없이 사라진 공간, 그러니까 시간이 채우고 있다. 황인찬 시들은 시간을, 사라진 시간을 찍은 사진들이다. 그래서 시간이 주는 몽환적인 느낌이 시 전체에 스며 있다. 시간은 보이지도 잡히지도 않는 것이기 때문에 몽환적일 수밖에 없다. 그러면 시간은 추상인가? 추상은 무엇인가? 문득 내가 추상에 대해서 추상적으로밖에 알고 있지 않다는 걸 깨달음과 동시에 '시는 추상'이라는 생각이 든다. 아무리 일상적인 일상도 추상화하기라는.

사진을 찍을 때는 현재-현실을 찍는 것이지만, 사진으로 남을 때는 시간의 세계로 건너가는 것. 황인찬 시의 화자들은 끝없는 소멸, 현실이 주는 고통을 시간의 세계로 나누어 견디고 있으며, 그 힘겨움과 멜랑콜리를 그려 보이는 언어가 담백해서 시들이 11월 숲처럼 아름답다.

황인찬 씨, 축하합니다! ■

더 많은 착오와 함께

황인찬

'이미지 사진'이라는 것을 요즘은 잘 찍지 않는 것 같습니다. 다들 아시겠지만, 지금처럼 스마트폰이 카메라를 대체하기 전까지 사람들은 예쁘고 멋진 사진을 얻기 위해 사진관에 찾아갔습니다. 2000년대 즈음에는 사진관의 진열 유리창에 어김없이 '이미지 사진'이라는 말이 적혀 있곤 했지요. 그리고 그 문구 아래에는 교복을 한껏 줄여 입고 굉장하게 부푼 머리로 어쩐지 임전 태세인 여학생들의 사진이나 하염없이 어색하고도 다정한 포즈를 취한 연인들의 사진 따위가 붙어 있곤 했습니다. 우정이나 사랑을 기억하기 위해, 새하얀 벽면을 배경으로 부자연스러운 표정과 구도로 사진을 찍는 사람들의 모습이 저는 참 이상하다고 생각했습니다. 원래 의식이란 이상한 것이 될 수밖에 없는 일이긴 하지만요. 생각해보면 이미지 사진이라는 말도 이상합니다. 이미지 아닌 사진은 없으니까요. 책을 굳이 글 책이라고 적는 것과 다름없는 일입니다.

그런데 다시 생각해보니 그것이 스스로의 용도를 정확하게 가리키는 말이라는 생각이 들었습니다. 가족을 찍는 것을 가족사진, 졸업 앨

범에 들어가는 것을 졸업 사진이라고 한다면, 특정한 이미지(인상)를 의도하여 찍어내는 것을 이미지 사진이라고 부르는 것은 당연한 일일 것입니다. 저는 이 재귀적인 자기 지칭에 흥미가 생겼습니다. 사진 이미지와 이미지 사진 사이, 기록된 것과 기억된 것의 사이, 재현의 의도와 예술의 의도 사이, 시를 쓰는 삶과 시가 그리는 삶 사이에는 너무 새삼스러워서 오히려 지나칠 수 없는 낙차가 있다고 생각했습니다. 그래서 올해에는 몇 편인가 사진에 대한 시를 썼습니다. 그게 무엇인지도 정확히 모르면서.

요즘은 해묵은 것들, 시대착오적인 것들, 그때는 의식하지 못했지만 지금 와서 생각해보면 찜찜한 것들, 그런데 솔직히 잘은 모르겠는 것들에 마음이 끌립니다. 그때는 맞고 지금은 틀리다는 식은 아니지만, 멈추고 나면 비로소 보인다거나 하는 식도 아니지만, 이 되새김질이 우리의 삶을 갱신할 수 있으리라는 기대만은 갖고 있습니다. 그래서 저는 일단 곱씹어보고 있습니다. 곱씹다 보면 분명 다른 것을 찾아낼 수도 있을 테니까요. 2000년대가 무엇이었는지, 그때의 우리는 무엇이었는지, 유행 같은 것은 제대로 알지도 못하면서 요즈음의 레트로 유행에 살짝 발을 걸치는 기분으로, 나이브하다는 것을 스스로 알면서도 그것을 도무지 내려놓지 못하는 뻔뻔함으로, 그렇게 시를 쓰고 있습니다.

자리가 자리이니만큼 좀 더 문학과 시에 대한 깊은 애정과 고뇌를 드러내는 말을 할 수 있었다면 좋았을 텐데, 이렇게 작고 사소한 차이들에만 반응하고 흥분하며 시를 쓰는 일을 계속하는 저 자신을 털어놓고 있는 것이 참 민망하게 느껴집니다. 저 자신의 민망함을 고백하는 것을 문학이랍시고 계속하고 있는 것이 참 송구스럽습니다. 그러나 지금의 제가 할 수 있는 일이 겨우 이 정도뿐이라는 것을 부정하지는 않겠습니다. 이렇게나 작고 보잘것없는 시가 상을 받게 되어 부끄러울 따름입니다. 심사위원 선생님들을 비롯하여 마음 써주신 많은 분께 누가 되지 않도록, 좋은 시인이 될 자신은 없지만, 최소한 지금보다는 더 나은 사람으로 살 수 있도록 노력하겠습니다.

사실 저는 이미지 사진을 찍어본 적이 없습니다. 대단한 이유가 있어서는 아니고, 그저 같이 찍을 친구가 없었기 때문입니다. 그러나 문학을 하면서는 많은 친구를 만날 수 있었습니다. 그것만이 염치 불고하고 제가 문학을 계속하는 까닭이라고 할 수 있을 것 같습니다. 친구들과의 사랑과 우정을 기억하기 위해, 그리고 그걸 곱씹으며 사랑도 우정도 아닌 무엇인가로 만들어버리기 위해, 더 쓰고 더 애써보겠습니다.

감사합니다. ■

2021 現代文學賞 수상시집
이미지 사진 외

지은이 | 황인찬 외
펴낸이 | 김영정

초판 1쇄 펴낸날 | 2020년 12월 4일
초판 3쇄 펴낸날 | 2022년 1월 11일

펴낸곳 | ㈜현대문학
등록번호 | 제1-452호
주소 | 06532 서울시 서초구 신반포로 321 (잠원동, 미래엔)
전화 02-2017-0280
팩스 02-516-5433
홈페이지 | www.hdmh.co.kr

ISBN 979-11-90885-47-8 03810

* 책값은 뒤표지에 있습니다.